斎藤昌三——著

江戸好色文学史

慧文社

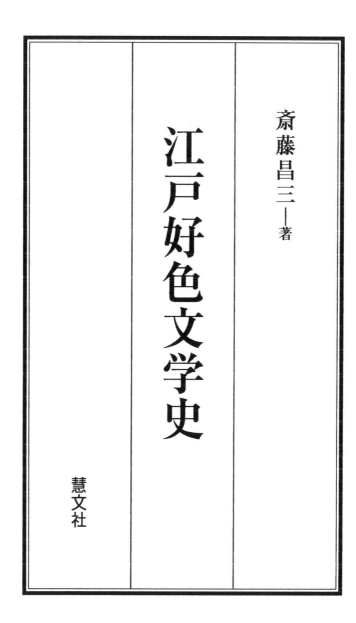

改訂版刊行にあたって

一、本書は一九四九年に発行された斎藤昌三・著『江戸好色文学史』(星光書院)を底本として編集・改訂を加えたものである

一、原本における明らかな誤植、不統一などは、これを改めた。

一、原本の趣を極力尊重しながらも、現代の読者の便を図って以下の原則に従って現代通行のものに改めた。

i 「旧字・旧仮名」は原則として「新字・新仮名」に改めた。(例…畫→画、いふ→いう、など)。ただし、引用などは漢字のみ新字に改め、仮名遣いはそのままに留めた。

ii 踊り字は引用部を含め、「々」のみを使用し、他のものは使用しない表記に改めた。

iii 難読と思われる語句や、副詞・接続詞などの漢字表記は、ルビを付すか、一部かな表記に改めた。

慧文社

序

従来のわが文学史は、特権知識階級のみの文学史であって、すなわち今日でいう大衆文学と、庶民の嗜好的読物を含んだものはほとんど皆無だった。殊に江戸期と称する近世の側面文学史こそは、真の民衆の知識と嗜好を知る上に於いては、一部特権階級の主体文学よりは実際文学であったにもかかわらず忘却されがちで今日に到っている。なかんずく江戸後半期に於いては、公開を許されぬ暗流的なものの横行した時代で、この暗流方面に属するものは、曩《さき》に『東亜軟性書考』に於いて大要を紹介して置いたが、この暗流と上流との中間を流るるものが、この好色文学と云わるべき存在であろう。

本稿はこの傍系文学史を企画して見たが、なにぶん処女林の開拓であり、大要を渉猟《しょうりょう》したのみで、未だ資料の尽くさぬものや、全然漏らしているものも相当あると思うが、それらは後日研究家に依って大成されるであろうから、本稿はその折の捨石ともなれば幸甚《こうじん》である。

要するに文献の取捨には暗流の資料とは、本来紙一重の差のものが多いので、誤解があってはならぬと、その点最も苦心を払い慎重に扱ったので、中には幾分物足らなさを感ずる読者があるかも知れないが、目的は何処までも従来の文学史の欠を補う傍系史であって、いわゆる好色文学史、大衆読物史であることである。

単的に云えば、本書の如きは大衆文学史というべきが至当かも知れないが、暗流に属するものは前記の如く『東亜軟性書考』に書名別に紹介したので、本書は敢えて『好色文学史』とした。

先年梅原北明《うめはらほくめい》君が『世界好色文学史』の第三部「日本篇」が計画された時、本稿の一部はその当時既に起稿されたものもあったので、ここに訂正活用したものもあり、故人となった石川《いしかわ》巌《いわお》君の得意とした野郎物と花街物の類もその一部で、ここに転用復活して君の功績を伝える一端ともした。

なお原本類の写真版も挿入すべきであったが、技術的と用紙の不満足から割愛せざるを得なかったことを読者にも深くお詫びせねばならない。また、装釘上については牛田鶏村《うしだけいそん》君を煩わしたことを深謝する次第である。

昭和二十三年九月

著　者

目次

序　説

当今一口《ひとくち》に好色と云えば、純情的恋愛以外の遊戯的なものをいうのであるが、史的に見て好色発展の多くは、太平時代の民衆の欲望であり趣味で、殊に江戸期に於ける好色史の中心は、元禄文化の太平時代を頂点とするであろうが、そこに至るまでの家康の天下統一から、世相も漸次《ぜんじ》戦禍を忘れて、文化的に遡れば室町期までは、幾分階級的の存在だったお伽草子《とぎぞうし》時代を、江戸期に至って徳川文化の普及を見るに従い、一般庶民の間にまで仮名文字の発展となり、その結果が仮名草子時代を築いたのであるが、一面には印刷術も幼稚ながらも発達して、たやすく手に出来る仮名草子を生むに至ったのである。それが草双子《くさぞうし》となり浮世絵が並行的に進展し、元禄を境に仮名草子は浮世草子として代わり、この期に［井原］西鶴《さいかく》は談林《だんりん》から小説に転じて、古物的の伝統から転じて写実的の物語を試みたのが、有名な処女作『好色一代男』八冊であった。

高野《たかの》［辰之《たつゆき》］博士の『江戸文学史』に依ると、天文《てんぶん》十二年秋、種子《たね》ケ島《しま》に箭《や》に代わる鉄砲の伝来があり、この利器の手前に戦争を嫌忌した結果、以来三百年の昌平を生んだとある。もし事実とすれば、鉄砲の伝来は江戸の太平を将来し、それが庶民の好色趣味を養成したという結論になるが、一面には鉄砲伝来に遡る三十年前から梅毒の輸入もあって、追次全国的に漫延して居り、なお一方天正期には既に京の六条に遊里の制も設けられたので、諸将士はそこに豪遊を競うに至った。好色を近世的に研究するとせば、この天正から慶長期が初期とせねばならぬであろう。

殊に出雲阿国《いずもおくに》は慶長八年に京都で最初の女歌舞伎として舞台に立ち、当時は戦国期の余波で未だ男性間の同性愛もあったが、この徒が代わって若衆歌舞伎となって、女歌舞伎の弊害と共に媚を売ったので、承応元年の禁止となった。

また、その頃「三味線という外来楽器が津々浦々にまで弘まった。これよりも先に踊が全国中に喜ばれていた。踊に耽って、家や身を亡したものは今川氏真ばかりでなかった。大友宗麟や家康の長子信康も大いにこれを喜んだのであった。踊が人を遊惰にと導いてその弊に驚くべきもののあるは、改めていうをまたぬであろう」(『江戸文学史』)

すなわち寛永頃は武士には豪奢《ごうしゃ》時代、遊蕩《ゆうとう》時代、下向《げこう》時代であったが、町人には台頭時代、金力万能《きんりよくばんのう》時代で、いわば江戸太平時代の種蒔き時代であったのである。次いで中頃は元禄、降《くだ》っては文化文政の百花繚乱期《ひやっかりようらんき》を現出し、それに平行して軟化した好色趣味の発展を見たのである。この好色の発展的文献を検討するものが、すなわち本書である。

およそ当代に於ける好色文学の流れは五つに大別することが出来る。

(一) 主として男女の恋愛(性欲)描写
(二) 笑話、随筆類の好色文学
(三) 演劇案内書(主として姿色《ししょく》の評判記)
(四) 花街案内書(主として細見評判記《さいけんひょうばんき》)
(五) 枕絵、楽事書の類

などである。従来の文学史家からは、以上列記した内(三)(四)(五)はほとんど顧みられなかったもので、殊に(五)に至っては、士君子の筆にすべきものではないかも知れないが、枕絵そのものの発展史は別として、その一歩手前のものは、一種の変態文学史料として顧慮する必要があろうと思う。

普通文学史ではこの江戸時代を、室町時代のお伽草子を継承して当期に生まれた仮名草子時代から、浮世草子時代を経て読物文学となったといわれているが、その傍系を為したものに、悪所を描いた狭斜《きょうしゃ》趣味雑書文学の一群がある。この狭斜文学に就いては後に説くとして、まず仮名草子中の恋愛物語、もしくは好色を誘致せしめた遠因の諸作の解剖と実例とを順次に挙げて見よう。

第一章　仮名草子時代から浮世草子・江戸小説時代

第一節　恋愛物

当代に於けるもっとも著名なる小説といえば、まず『恨《うらみ》の介《すけ》』に指を屈しなければならぬ。作者は無論判明しないが、著作年代は慶長末で、刊行は寛永頃と覚しき無刊記活字本もあり、刊記あるものとしては、明暦二年版、寛文四年版の両版あることは世間周知の通りである。その梗概を言えば、慶長九年六月上の十日、葛の恨之助というもの、清水の万灯に参詣した折、地主権現《じしゅごんげん》の境内で花見の宴を張った上臈《じょうろう》の一群に会い、その中に十六ばかりの美女を見そめ、思い焦がるるあまり、清水の観音に七日の間通夜して切なる恋の中立《なかだ》ちを祈った。時に観音の示現に、下京五条松原通の小路服部の荘司が後家の尼を尋ねて依頼せよとあった。恨の介は大いに喜び、その尼を訪《みま》う。かの美しき女というは、豊臣秀次の臣・木村常陸《ひたち》が遺子で、かの後家は常陸に仕えたるもの、常陸の死後、かの姫をかくまい育て、十二歳の時、近衛殿から懇望されて養女となし、禁中に五節舞《ごせちのまい》のあった時、召されて琴の役を勤め、雪の前の名を賜ったことまでを知った。恨の介が切なる意を汲みて、雪の前と親しくせる菊亭殿《きくていどの》の娘あやめの前を媒として玉章《たまずさ》を贈る。かくて恨の介は本意を達したが、人目《ひとめ》の関《せき》が多いので遂に恋の奴となりて重き病の床につく。友達の夢の浮世の介、松の緑の介、君を思の介、半天の恋の介などが見舞いに来る。恨の介は最後の文を雪の前にとどけんことをたのんで死ぬ。雪の前はその文を見て悲嘆のあまり自殺する。あやめの前を始め、後家の尼、侍女達もこれに殉死するという趣向である。

以上梗概の示す如く、結構は極めて簡単であるが、当時堅苦しい儒教や仏教の宣伝用に過ぎなかった本地物《ほんじもの》や教理物の中に、ともかく恋愛を扱った当時の事実話から得た新材料によって描いたという点、それに当時こうした読物の少なかった所から、図らずも読書界から迎えられたものではなかろうかと思われる。無論今日から見れば本書の如きは好色本の仲間へは這入らぬものであるが、柳亭種彦《りゅうていたねひこ》は好色本の一種として例の『好色本目録』に加えて、本書の行われたる事実と異版の多かったことを考証して居る。

更に『恨の介』と同巧異曲《どうこういきょく》に成る『薄雪物語《うすゆきものがたり》』がある。これも前書と同じく『好色本目録』に加えられて居る。一篇の骨子は、京の田舎、深草《ふかくさ》の里に、園部左衛門と呼ぶ男があって、二十の春、清水寺に詣で、一條殿の御内、さいさき和泉の女薄雪を見染め、しばしば艶書《えんしょ》を通わして本意を遂げる。その翌年左衛門が、近江滋賀の里に住む友人の病を訪う。その間に姫は恋死する。男は帰って、この事を聞いて悲嘆に暮れ、一度は自殺せんとしたが思い止まり仏門に入り、れんしょう法師と名乗り、薄雪の菩提を弔い、後、高野山に登り、薄雪の冥福を祈りつつ二十六歳で往生を遂げたという物語。

いうまでもなく前書『恨の介』の作者が改作したか、もしくは何人か模倣したものとしか思われない同一趣向に成ったもので、唯だ本書の大半が艶書の贈答によって出来上って居るのが、ややその特色ともいうべきで、これらの趣向も実は堀河院の艶書合《えんしょあわせ》から胚胎《はいたい》したものであろう。板本に寛永九年版あり、次いで寛文九年の重刊あり、なお他に異本ありて、種彦は『好色本目録』にこの書その版多くして数え尽くし難しといってるくらい、世に行われた人気作であったらしい。また後の艶書小説の倆《よう》を為した点からも注意すべき作品の一つである。これを模倣したものに、刊年未詳『薄雪物語』、寛文元年刊『錦木』、天和二年刊『恋慕水鏡』、貞享四年刊『三島暦』、元禄十二年刊『好色文伝受《こうしょくふみでんじゅ》』、正徳の『新薄雪物語』、享保の『当流雲のかけ橋』『薄紅葉』などは、いずれも本書の流れを汲む艶書小説の一群である。

従来の作品の多くは兎角過去の追憶の物語としたものであったが、それを当代の物語としたのが浮世草子としての出現である。浮世は憂き世の転化で現代を意味する言葉であるが、この作風の先頭に立ったのが井原西鶴で、天和二年刊の『好色一代男』の処女作を以て創始とし、西鶴実に四十一歳の分別盛りの作品でもあり、西鶴作品中の傑作とされている。もちろん従前とても好色物は無かったというのではないが、当世の人の遊蕩三昧な性的行為を、あるがまま見るがままに細叙したのは無類だったところから、浮世草子として時人から歓迎されたもので、兼好法師以来の粋人であった。

『好色一代男』以後の代表的好色作品は、貞享元年の『諸艶大鑑《しょえんおおかがみ》』八冊、同三年の『近代艶隠者』五冊、『好色五人女』五冊、『好色一代女』五冊、同四年の『男色大鑑《なんしよくおおかがみ》』八冊などで、元禄になっては元年の『日本永代蔵《につぽんえいだいぐら》』六冊、『新可笑記』五冊、八年の『俗つれづれ』五冊、九年の『万《よろず》の文反古《ふみほうぐ》』五冊などはあまねく人の知るところである。

『好色一代男』は大阪と江戸で別々に印行したもので、如何に当時の人々の耳目を驚かせたかが知られるが、後明治の中頃は淡島寒月《あわしまかんげつ》の西鶴心酔が因縁となって、［幸田《こうだ》］露伴《ろはん》と［尾崎《おざき》］紅葉《こうよう》が模倣するに至り、更には硯友社《けんゆうしや》以外から樋口一葉《ひぐちいちよう》も、その流れを傾倒するに及んで、西鶴の作はますます景仰されたが、好色の名に煩わされて久しい間、完本の刊行を見なかったのである。

その一代男の主人公世之介《よのすけ》は、金に不足のない夢介《ゆめすけ》の一子であり、母は名高い遊女であった。七歳から恋を覚え、老いてますます旺盛であったが、遊蕩も仕尽くしたので六十歳を名残りに日頃の悪友を引供して女護《によご》の島《しま》に渡るというので終わっているが、この間に戯れた女は四千四百六十七人の多きに達しており、その大半は三大都市以外の素人くさい低級な売女を相手としたものであった。『諸艶大鑑』以下もほとんど色道伝授的の作で、好色と云えば西鶴を思わせるほど専売的のものであった。

左に西鶴の代表作『一代男』の一節、巻一の七章のかき出しと、八巻の最終の一章とを紹介して見よう。

けした所が恋のはじまり

桜もちるに歎き、月はかぎりありて入佐山、爰に但馬の国かねほる里の辺に、浮世の事を外になして、色道ふたつに寝ても覚めても、夢介とかえ名よばれて、名古屋三左、加賀の八などと、七つ紋のひしにくみして、身は酒にひたし、一条通り夜更て戻り橋、或時は若衆出立、姿をかえて黒染の長袖、又はだて髪かつら、化物が通るとは誠に是ぞかし、それも彦七が顔して、願くはかみころされてもと通へば、なを見捨難くて、其頃名高き中にも、かづらぎ・かほる・三夕思ひ思ひに身請けして嵯峨に引込み、或は東山の片陰、又は藤の森、ひそかにすみなして、契りかさなりて此うちの腹より生れて、世之介と名によぶ、あらはに書しなす迄もなし、しる人はしるぞかし。二人の寵愛てうちうち髪振りのあたまも定まり、四つの年の霜月は髪置はかま着の春も過て、疱瘡の神いのれば跡なく六の年へて、明れば七歳の夏の夜の寝覚の枕をのけ、かけがねの響あくびの音のみ、おつぎの間に宿直せし女さし心得て、手燭ともして遥なる廊下を轟かし、ひがし北の家陰に南天の下葉しげりて、敷松葉に御しと、もれ行て、お手水のぬれ椽ひしぎ竹の、あらけなきに、かな釘のかしらも御こころもとなく、ひかりなを見せまいらすれば、其火けして近くへと仰せられける、御あしもと大事がりて、かく奉るをいかにして闇がりなしてはと、御言葉をかへし申せば、うちうなづかせ給ひ、恋は闇といふ事をしらずやと仰せられける程に、御まぼりわきざし持たる女、息ふき懸て御のぞみになし奉れば、左のふり袖を引たまひて、乳母はゐぬかと仰せらるるこそおかし、是をたとへて、あまの浮橋のもとまだ本の事もさだまらずして、はや御こころざしは通ひ侍ると、つつまず奥さまに申て御よろこびのはじめ成るべし、次第に事のつのり日を追つて、仮にも姿絵のおかしきを集め、おほくは文車もみぐるしう、此菊の間へは我よばざるもの、まいるなどとかたく関すえらるるこそこころにくし、或時はおりすえをあそばし、比翼の鳥のかたちは是ぞと給はりける、花つくりて梢にとりつけ、連理はこれ、我にとらすると、よろづにつけて此事をのみ忘れず、ふどしも人を頼まず、帯も手づから前にむすびてうしろにまはし、身にへうぶきやう袖に焼かけ、いたづらなるよせい、おとなもはづかしく、女の心をうごかさせ、同じ友とちまじはる事も、烏賊のぼせし空をも見ず、雲に懸はしとは昔天へも流星人ありや、一年に一夜のほし雨ふりて、あはぬ時の心はと、遠き所までを悲しみ、こころと恋に責められ、五十四年まで戯れし女三千七百四十二人、少人のもてあそび七百二十五人平日記にしる、井筒によりて、うないこより以来、腎水をかえほして、さても命はある物か

床の責道具（八巻の終り）

合二万五千貫目、母親より随分遣へと譲られける、明け暮たはけを尽し、それから今まで二十七年になりぬ、まことに広き世界の遊女町残らずながめ巡りて、身はいつとなく恋にやつれ、ふつと浮世に今といふ今心のこらず、親はなし子はなし定る妻女もなし、つらつらおもん見るに、いつまで色道の中有に迷ひ、火宅の内のやけとまる事を知らず、既に早や来る年は本卦にかへる、ほどふりて足弱車の音も耳にうとく、桑の木の杖なくてはたよりなく、次第におかしうなる物かな、おれ計りにもあらず、見及びし女のかしらに霜を載き、額にはせはしき浪の打寄せ、心腹の立ぬ

日もなし、傘さし懸て肩くるまにのせたる娘も、はや男の気に入り世帯姿となりぬ、移れば変つた事も何か此上には有るべし、今まで願へる程もなく死んだら鬼が喰ふまでと、俄にひるがへしても有難き道には入り難し、あさましき身の行末、是から何なりとも成るべしと、ありつる宝を投捨て、残りし金子六千両東山の奥ふかく掘埋めて、其上に宇治石を重て朝顔のつるをはせて、かの石に一首きり付て読めり、夕日影朝顔の咲く其下に六千両の光残して、と欲のふかき世の人にかたられけれ共、所はどこととも知れがたし、それより世の介は一つ心の友を七人誘引あはせ、難波江の小島にて新しき舟つくらせて好色丸と名を記し、緋縮緬の吹貫、是は昔の太夫吉野が名残の脚布也、漫幕は過にし女郎よりかたみの着物をぬい継せて懸ならべ、床敷のうちには太夫品定のこしばり、大綱に女の髪すぢをよりまぜ、さて台所には生舟に鱒をはなち、牛房やまいも卵をいけさせ、櫓床の下には地黄丸十五壷、女喜丹二十箱、りんの玉三百五十、阿蘭陀糸七千すぢ、なまこ輪六百懸、水牛の姿二千五百、錫の姿三千五百、革の姿八百、枕絵二百礼、伊勢物語二百部、ふんどし百筋、のべ鼻紙九百丸、まだ忘れたと丁子の油を二百樽、山椒薬を四百袋、ゑのこづちの根を千本、水銀、綿貫、唐がらしの粉、牛膠百斤、其外色々品々の責道具をととのえ、さて又男のたしなみ衣装、産衣も数をこしらえ、これぞ二度都へ渡るべくもしれがたし、いざ途首の酒よと申せば、六人の者おどろき爰へ戻らぬとは、何国へお供申上る事ぞといふ、されば浮世の遊君白拍子戯女見のこせし事もなし、我をはじめて此男共、こころに懸る山もなければ、是より女護の島にわたりて、つかみとりの女を見せんといへば、いづれも歓び、たとへば腎虚してそこの土となるべき事、たまたま一代男に生れての、それこそ願ひの道なれと、恋風にまかせ伊豆の国より、日和見すまし、天和二年神無月の末に行方しれずに成にけり。

天才西鶴のあとを承けて、その後も幾多の好色物は模倣されたのであるが、力に於いて、内容に於いて到底西鶴に及ぶべくもなかった。それらの中で兎にも角にも異彩あるものは、西沢《にしざわ》一風《いっぷう》と江島其磧《えじまきせき》であった。

西沢一風は大阪久宝寺町の浄瑠璃本版元正本屋太兵衛の子で、寛文五年に生まれ享保十六年に六十七歳で没した。好色物の処女作は元禄十一年の『新色五巻書《しんしきごかんしょ》』を始め、十三年の『御前《ごぜん》義経記《ぎけいき》』などがある。共に耽溺、女犯、遊里を扱ったもので、他に『曾我物語』に擬したものや、『風流今平家《ふうりゆういまへいけ》』があり、殊に享保三年の『後家色縮緬《ごけいろちりめん》』は著名である。

なお西鶴の亜流としては八文字屋物《はちもんじやもの》も挙ぐべきで、その代表的なものは江島屋其磧《えじまやきせき》である。元来八文字屋自笑《はちもんじやじじよう》と其磧とは共著のものが大半であったが、それは商略上のことで、大体は其磧の作に成ったものである。

其磧は京の大仏前の餅屋であったが、酒色に耽った結果破産して作家になったもので、西鶴におくるること二十五年の寛文七年に生まれ、元文元年に七十歳で没した。三味線を題名とした『色三味線《いろじやみせん》』その他の多くを著し、色道の描写を得意としたが、代表的な作品としては、宝永八年の『傾城禁短気《けいせいきんたんき》』六巻である。序の一節にも「一生女色に身をゆだね、水薬師の辺に笹の庵を構へ、頭は霜を梳りて散髪となし、居士衣の袖を子細らしく、名は黈色居士とつけ、不断は精進絵、あるにまかせて魚鳥もあまさず、座禅の夢さめては美妾にいざなはれ、留木の薫絶えず、仏壇には仏もなくて女の絵姿を掛け、世に有難き女道門を普く説きひろめて、衆道門の窮屈なる物堅き宗旨を破し、老若男女共に女の道に赴かせん」と色道の是非から、三都の売笑婦の総括的見聞録を物語ったもので、「程を知つて早く止むを悟道の粋といへり、只色道は慰め一遍と思い、深く染まぬを此道の大粋法とする」と結んではあるが、当時の淫風は洗いざらい展開したものである。左に巻頭の一節を抜いて見る。

それ人と生れたるしるしには、色道をしり女色のおもしろきといふ事をさとるべし。むかしむかし二神夫婦となり給ひて、天の浮橋の下にて、鶺鴒といふ鳥の尾を土に敲きけるを見給ひて、始めて其よい事を知り給ひ、喜哉うまし少女に遇へりと、睦語をのたまひしより、夫婦男女の道すたらず、世に広く弘りてより次第に粋なる艶女、ばんばんに出世し給ひ、いろいろの諸分をときひろめ、衆生の機縁にしたがひて、無量の手管をほどこし給ひ、傾城白人茶屋呂州巾着比丘夜発などと、八宗九宗にわかりてより、さまざま位に高下ありといへ共、もとはひとつの陥穴涅槃の床に至つては、いづれか上品上味の喜悦の所にちがひはなし。然るにいづれの時よりか、高野大師を祖師とあがめ、衆道門といふ窮屈なる宗門をおこし、男と男の契りをむすび、児少人にくるしめをかけ、是を男色若道宗と名づけ、僧俗といはず、むしやうにすすめ、有難き女道門を妨げんと、てれん上人といふ此宗旨の尻持、あながちに女道宗を破して、傾城無間茶屋伝馬白人謀客風呂獄卒と、もろもろの流身派の女道門をうつ事、至極のひがごと笑ふにたへたり。其上流身派は、なべて偽りかざり更に実なしとなじりて、女郎未見真実といへるよし、可笑かな。前巾着の小銭を以て、でつち小者をたらすやうな、小乗の若道宗が口さきから、広大無辺の流身派の沙汰、近頃慮外の至り、数万両の功を積みて上品女郎屋の座敷に至らずして、何とて傾城の実不実の評判思ひもよらぬ事、惣じて女郎に実なしといへるは表向一通りにて、内証にいはずして真のある事中々おのおの方のはした金つかはれしぶんにては、有難き西方女郎の内心の真を、いいかで見つけたまはん。かりそめながら此説法はむつかしき事ながら、勤女はなべて偽りばかりいうて、実のないものと心得給ふ、愚痴無智のやぼたちの為くはしくといてきかせ申す、大事の所ぢや、とくときいて悟道せらるべし。

以上の浮世草紙の一派には、更に［青木］鷺水《ろすい》、［北条］団水《だんすい》などの輩出はあったが、作者の力がようやく低下するに従って読者層の興味も去ってしまったので、浮世草紙の流行時代は時間的には短いものであった。

その時、浮世草紙を更に現実的にしたもので、江戸小説としての読本となって登場したのが、寛政期から天保を経て幕末に及んだもので、その代表的作者は山東京伝《さんとうきょうでん》、曲亭馬琴《きょくていばきん》、式亭三馬《しきていさんば》、十返舎一九《じっぺんしゃいっく》、柳亭種彦、為永春水《ためながしゅんすい》などであり、この内特に種彦、春水には好色的作品の多くを残したことも、周知の事実でもあり、正史にも詳細に伝えられているが、比較的堅実な作家と云われた馬琴にも、時代の要求で好色物に筆を染めざるを得なかった。

馬琴としては既に黄表紙作者として知られ、読本に転向しても『椿説弓張月《ちんせつゆみはりづき》』、『里見八犬伝』などで一流の作者として好評を博しながら、一方『近世説美少年録』を執筆せざるを得なかった。

馬琴は瀧澤氏、通称を清右衛門と云い、著作堂《ちょさくどう》、信天翁《しんてんおう》、笠翁《りつおう》以下多くの別号がある。明和四年六月江戸深川に生まれ、松平普代の侍であった。京伝に師事し、地本問屋蔦屋重三郎《つたやじゅうざぶろう》の手代《てだい》となったこともあった。一代の健筆家で群作者を圧倒していたが、晩年失明して嘉永元年十一月八十二歳で華やかな一生を終わった。

好色本『美少年録』は前後二段に分かれ、書名も途中で改題し、その間十余年の隔たりを生じたが、その理由は日頃の勧善懲悪主義に反するものとしての世評と、風壊で多少問題になっていた結果で、内容は支那小説の翻案であったのである。

今この前編の梗概を述べると、室町時代の末、大内家の重臣陶瀬十郎が京都の勤番中、辻堂に俄雨《にわかあめ》を避けて笠屋お夏という歌妓と知り合い悪縁を結ぶに始まり、お夏は後山賊二人の為めに自由を許し、一日交代に七年の平和を続け、二賊は猜疑から相撃って自滅するに及び、清《ママ》十郎との一子朱之介《あけのすけ》と山寨《さんさい》を脱したが、朱之介は山寨中の悪感化と、淫奔《いんぽん》な母の血を受けて不良性となり、折角出世の為めに京に出ても永続して奉公出来ず、放浪と淫蕩に身を任せるというので、醜劣と露骨な描写は淫靡《いんび》を極めたものであり、姦通と美人局の細写は乱倫と醜行に終始している点は、馬琴の作中全く珍しいものである。この作は文政十一年馬琴六十二歳の時で、淫猥な点で人情本を凌駕し、大いに歓迎されたのであるが、それだけにまた非難も大きかったのである。本文は多くの江戸期の文学書にも覆刻されているから、ここには省略して置く。

馬琴の外には二年先輩に当たる十返舎一九があるが、一九は駿河に生まれ江戸に出て後大阪に赴き、再び江戸に戻って作者となった。好色的のものとしては『膝栗毛《ひざくりげ》』が代表している。

この作は別項の浅井了意《あさいりょうい》作『東海道名所記』にヒントを得たもので、猥雑と低調な描写でエロテックを発揮して居り、その活版本も既に普及されているから、これも題名のみに止めて置く。

『膝栗毛』の初編の出たのは享和二年であるから『美少年録』の出た文政十一年は、それから二十年後に当たり、この翌十二年には種彦の名作とされる『偐紫田舎源氏《にせむらさきいなかげんじ》』の初編が出、更に二年を隔った天保三年には、春水の出世作『春色梅暦《しゅんしょくうめごよみ》』が出るに及び、続いて『春暁八幡佳年《しゅんぎょうはちまんがね》』（七年）、『春告鳥《はるつげどり》』（八年）に依って、いわゆる春水の人情本時代となったのであり、これらの作家はいずれも江戸末期の代表的軟文学として、化政天保時代の全盛期を築いたのである。

種彦は通称高屋彦四郎《たかやひこしろう》で、語音から偐紫楼《げんしろう》などとも称したのであろう、本名は知久《ともひさ》、幕府旗下の士として天明八年江戸に生まれ、読本作者から草双紙に移って行った。『田舎源氏』は初編以降、天保十三年の三十八編まで前後十四年を費した長編で、しかも未完成であった。

この初編は種彦四十二年の時で、ちょうど西鶴の処女作『一代男』と同年に当たっていた。

『田舎源氏』の好評は、一面には当時隆盛を極めた［歌川］国貞《くにさだ》の絵も、大いに与《あずか》って力を添えたもので、読者は一般庶民階級から御殿女中まで持て囃されていた。その構想は室町時代に仮托して、実は当時の武家風俗と豪奢な大奥の妃嬪《ひひん》生活を写したもので、国貞はその意を含めて精細に表現して新軌軸を開いたのである。以来浮世絵に源氏絵の流行を来たしたのは、この作の好評からと云われている。

しかし、この大作も前後して出た春水の代表作『春色梅暦』『春告鳥』などと共に、風俗壊乱の理由の下に、水野越前守［忠邦］の改革で天保十三年六月に禁止絶版を命ぜられ、病気もあって終《つい》に未完のまま同年七月十八日六十歳で没し、一方春水は手鎖五十日に処せられ、自暴自棄から乱酒に走り、これまた同月二十三日五十四歳で没したというが、兎に角この年は作家にも出版界にも大旋風の年であった。

ただし『田舎源氏』は『梅暦』などの如く淫猥な作ではなく、大奥に対する不敬罪を意味したものであるらしくもあるが、春水の作に至っては全くの軟文学で終始したのである。とにかくその大嵐を境に、エロは急激にグロ作品に転向したのであった。

左に『梅暦』二十四齣の中、ちょうど中程の第十三齣の一節を抜いて見よう。

お長「ナニ今無理に兄さんのお側へ行かずとよいけれど、二日置き三日置き位に一寸でも、顔が見られる様にしたいねヱ、ト抱き付いたる蔦葛、色づく秋の末つ方、小夜更け渡る虫の音の、外には座敷の流行唄、古きを又も繰返へす、糸面白くつれ弾きに、

「噂にも気立てが粋でなりふりまでも、意気で蓮葉でしやんとして、桂男の主さんに惚れたが縁かヱヱ」

丹「ありア確か婦多川の政吉さんと、大吉さんではねえか、長「アアさうでありますヨ。

丹「お前は何ぞ語つたか。長「アア仲町の今助さんと掛合で、琴責を語りましたヨ、それだけれど、今夜のやうな騒々しいお座敷では、義太夫はどうもじれつたいやうでありますヨ、ト惚れた同士は浮々と、前後忘れて顔見合せ、何か言ひたき心と心、また座敷にて、ドド一の、間程も流石芸者の調子。

うた「惚れて焦れた甲斐ない今宵、逢へばくだらぬことばかり

「思ふほど思ふまいかと離れてゐれば、愚痴なことだが腹が立つ
長「アレお聞きよ、唄にさへ彼の様に唄ふものを、殊にお兄イさんは米八さんがあるから、私の事はどうしても思ひ出してはお呉ぢやアないヨ。丹「ナニナニ思ひ出すといふは、忘れるといふ不実があるから起つたことだ、おいらは思ひ続けだから、別に思ひ出すといふ事はねえ。長「オヤオヤ嘘ばつかり、兄イさんが忘れるひまの無いといふのは、米八さんのことサ、トいひながら丹次郎が脇の下を擽る。丹「アレサ何をするくすぐつたいはナ、よしなヨ。ドレおめへをもくすぐるヨト、横抱きにせしお長が袖の下から手を入れて、乳をこそぐれば、長「アアレくすぐつたいヨ、といひながら顔を赤くして丹次郎が顔をじつと見つめている。丹「ハテナ座敷が深として三味線の音は聞えないで、時々笑ひ声が聞えるが、桜川の芸尽しでもはじまつたか知らん。長「イイエ慥か龍蝶の落し咄だヨ、昼間も遊蝶が新内の入つた噺をしたがネ、まことに面白かつたヨ。丹「フウムさうか、若衆の中では遊蝶が一番上手になりさうだ。長「ぎすぎすしないで温和しいからよいネ。丹「何だ噺を賞めるかと思へば男振りを賞めるのか、うつかりして居てお前の惚気を受けるやつサ。何時の間にか鈍くなつて居るの。長「オヤオヤ嘘をお吐き、ナニ遊蝶に惚

れるものかネエ、遊蝶には私の友達のお喜久といふ子が、どんなに惚れて居りますだらう、誠に憎しい様でございますヨ。丹「ト言つて何時か言交はしてでも居やアしねえか。長「嫌だヨ兄さん、其位なら此様に苦労をば致さないヨ、憎らしい。丹「おいらは又かわいらしい、ドレ遊蝶に惚れたか惚れねへか証拠を見やう。としつかりよりそひ様にたをれる。長「アレマアお放し、ト云ひながらふりむいて、障子をあけ、はるかに座敷を伺ひて、亦もや障子をぴつしやりとたてきる中の恋の山、積り積りし憂事を、語る心の奥庭とは、誰も気の付く人も無く、彼の人々も其所まで尋ね来ぬこそ幸なりけり。

作者伏して申す。斯かる行状を述べて草紙となすこと、婦女子を以つて乱行を教ふるに等し、最も悪むべしといふ人あり。嗚呼違へるかな。古人いへる如く、三人の行ひを見ても必ず我が師とすることありと。諺に曰ふ、他の風俗見て我が風体直せと。元来予が著はす草紙、大略婦人の看官をたよりとして綴れば、其拙俚なるはいふに足らず、されど婬行の女子に似て、貞操節義の深情のみ、一婦にして数夫に交り、苟くも金の為に欲情を発し、横道の振舞をなし、婦道に欠けたるものを記さず。巻中艶語多しといへども、男女の志清然と濁りなきを並べて、此糸、蝶吉、於由、米八、四人女流、各その風姿異なれども、貞烈潔よくして大丈夫に恥ぢず、なほ満尾の時に至りて、婦徳正しく、よく其男を守りて過失なきを見るべし。

第二節　教訓物

教訓物中特に有名なのは寛永十二年刊『七人比丘尼《しちにんびくに》』であるが、本書はもともと罪障消滅因果応報の理を示さんが為めの宗教小説として、当代の世相（戦乱直後有為転変）を描いたという点にあるので、むしろ本文学史の埒外《らちがい》にあるをもって、ここでは単に書名を挙ぐるに止めて措きたい。

同教訓物中の一異彩である如儡子《にょらいし》作『可笑記《かしょうき》』は寛永十三年の作とあって、刊行は後れて十九年に出て居る。近世戯作の始祖なりと称揚されて居る、画期的教訓草子の一種である。その結構は『徒然草』を粉本《ふんぽん》とし且つ私淑したものと見える。文中往々『伊曾保物語《いそほものがたり》』風の喩言を用い、先人の糟粕《そうはく》を脱して、取材を現代に求め、事に託し物に寓して、人君の暗愚、武士の懶惰《らんだ》、僧侶の放逸など活世間の新事物に就いて諷刺訓誡を試み、併せて自己の感想を漏らしたもので、江戸時代に於ける第二の徒然草とも云うべきものである。

本書も教訓物だけに本文学史の目的には直接関係はないが、ただ後の好色文学に投げかけた、間接的影響のあったことを認めない訳には行かない。次に出ずる了意の『浮世物語』『可笑記評判』、ぐっと後れて西鶴の『新可笑記』などは内容は全く異なっては居るが、書名を踏襲した点だけでも多少本書に負う所なしとは言われまい。なお、同人著に、寛文四年板『百八町記《ひゃくはっちょうき》』がある。文例として左に上品な恋物語の一章を挙げて、作者が独得《どくとく》の色彩ある文体に、一種の風格を備えた文品の一節を偲ぼう。

むかしさる人の云へるは、我一とせ若かりし時、思ひもよらぬ人をほの見しまえや、あまのなはたきくり返し、しづ心なき恋の山の谷の埋木、人知れず朽ちはつべきと打ふし、あこがれ待ちけるに、夜はすがらに涙かたしき目もあはず、昼は人の忍ぶの山陰も袖を重ぬる九重の、ひとへにうすきえにし、衛士のたく火の夜はもえ、昼は消えつつ日ぐらしの、おりはへてなく計なるに、玉づさの千束かさなり、錦木のたてながら朽ぬべき時いたり、けふの細布むねあはじともきこえず、あふせを頼む夕ぐれは、若いかなるさわりかもあらんと、やすき心のひまをなみ、立居にぬるる松がねの、枕定めぬ折からは、風の妻戸をおとづるるさへ、君かとむね打さはぎ、たましゐをけす。かくて比翼れんりの手枕かはす夜すがらは、うれしきにのみ涙くれ、物もいはれず、せめての私語には、此ほどのつれなさを恨みあへるに、千夜を一夜の秋の月さへ、更かたにかたぶき、思ふ人のしばしうちまどろむをさへ、まだむつごともつきなくに、などうらめしくかこちあへるに、別をさそふ八声の鳥、はらはらと涙も血に流れ、きつにはめなでと悲しめるもよしなく、おくりやりたる妻戸のほとり、むなしくたたづみたるに、きぬぎぬのかほり身にしみ、まだいつかはとしたふ、まろねのうさつらさ言はんかたなし。さて過し夜のおぼつかなき一筆のたよりを待かぬるに、其日もつれづれと暮行、入あひの声まろねの枕にひびき、待れし夕に引かへたる悲しさ、いひやらんも言に及ばず、されば春の花のえならぬ色香に対しても、同じくは恋しき人と二人ながめばと思ひにこがれ、其花のちるを見ては、此花の盛なるうちに、君もろともに見もし、見せばやと待かいもなく、あだに暮行弥生のなごりかなしく、花もろともに散りて、露の命の千々に砕るうさつらさ、月雪紅葉など、あらゆる世上の面白き色にめなるるたぐひ、皆もつて我身わが心のあだかたきと成て、恋しなつかしの中立となる。ことには耳にふるる軒端の鴬、有明月夜のほととぎす。窓うつ夜の雨、やもめの砧、ふえによる男鹿、たれ松虫、おもひ日ぐらし、こがる る蛍の飛かふ迄も、いづれか思ひのつまならざらんや。かくて古き詩歌の集、さうし物語をよみて、心のうさをも慰まんとすれば、むね塞り、涙にくれて、文字さだかならず、これみな恋のおもひなり。いつぞの程にかかの恋風の吹たえて、何ともなき本人に成たる時は、恋するときあだかたきと成たるほどの物ども、ことごとく面白なりて、心のたのしみとなり、観念のたよりともなつて、感にたへず覚え伝ると申ければ、傍なる人の申けるは、よくこそ思ひしり給ふ物かな、去ながら其御心、恋の上とのみ定むべからず、我等如きの大すりきりも、又左の如く心さへ実の道にかなひ、正理に達し候はば、いかほど貧苦にせめられ候とも、其貧苦の有さまが一興となつて、詩歌文章のたねとも成、観念のたすけとにもなるべし。(『近世文芸叢書』三)

×

仮名草子から浮世草子への転機に充つものとして重視されるものに『浮世物語』がある。寛文年中浅井了意の作と言われて居る。浮世坊という浮きに浮いたる男、始めは瓢太郎《ひょうたろう》といい、若き時賭博酒色に身を持ち崩し、僧形《そうぎょう》となって浮世坊《うきよぼう》と名乗り、諸国修行の為め名所旧跡を訪ね、あるいは僧衣を脱して道服を着け、医者と称して種々なる失敗を重ね、後には大名に仕えてお伽の衆となって、滑稽に託して諷刺訓誡を試み、最後に仙術を学んで行方を晦《くら》ますという趣向である。

言うまでもなく、この浮世坊の主人公は同人作の『東海道名所記』の楽阿弥、更に溯って寛永の『竹斎《ちくさい》』の遍歴体、もしくは名所記体の主人公に倣《なら》ったものらしく、また諷刺訓誡の心学的筆致は、『可笑記』に負う所あるらしく、更に作中の主人公が各説話を結ぶ趣向は、やがて来るべき『好色一代男』の俑をなしているらしく、殊に結末の趣向に於いて、両者の関係一層緊密なるべきかを熟慮せざるを得ない。よってこの物語は、さしたる名作ではないが、次期文学への橋梁として、意義ある作品と言わなければならぬ。

参考として好色生活に関連ある場面の数節を抄録して見る。主人公の瓢太郎後の浮世房《うきよぼう》が、島原通いからテンツルテンのすりきりとなって、都を後に諸国行脚の旅に出かけようとして、京中の神社仏閣に別れを告げ、四条河原の盛り場までを見物して、思わぬ喧嘩から僧形の身となれるを悔いる一条の物語である。

傾城狂ひ異見の事

今はむかし、瓢太郎にあらぬやまひのつきて、かの島原にかよひそめけるほどに、わが家をばさらぬよしにて立出つつ、道にて歩荷物の乗物をかり、これに打のりて大宮をくだりに、丹波街道を島原にまでゆきいたり、ここにて乗物はかへしつつ、編笠引こみ衣紋の馬場噂町をうち過、あげや町にさしかかり、やがてあげやの中二階にかけあがり、日比知音の太夫にあひて、ある時は口舌をしいだし、大にふられて馬をつなぎ、又ある時は後の世までとかたらはれて、命を塵とも思はず、太鼓衆にうちはやされて、鼻のさきうぞやきうごうごとして笑ひどよめき、日ごとに通ふほどに、金銀をつかふ事水の如く、親のたくはへをきたるものども、おしげもなくつかひくづしもちはこぶ、あまりに興じて、後は人めをもつつまず、袖のなり大そぎにそぎて、つま高く引まはし、はばのひろき帯うしろに結び、たたき鞘の中脇差金鍔をきらめかし、うねざしの踏皮にぼたんを入れ、席駄をならして出たちける有様、さかやきは耳のもとまでそりさげ鬢くひそらし、藺柄《ゐがら》の大あみがさまぶかに引こみたれば、そのなりふりよしとやいはんあしくとやいはん、殿中風のただ中なり。親類兄弟たち見ぐるしがりて、ひそかに異見をせられけるやう、このほどけしからず行通ひ給ふところ、よくよくきけば島原とかや、あらぬ所に立入給ふこそよからぬことなれ、もとより傾城は身をつくろひ姿をかざり、情の色をふくめるものなれば、心をかたぶけて思ひしむことはりなり。柳の髪たをやかに花のかほばせうるはしく、まゆずみの色は遠山の緑の木末にことならず、あかくえめる口もとは、初めて開く芙蓉の花、みがける歯は白くして、さながら雪の如く也。あし手ほそらかに、から撫子のませのうちにもえいづるにことならず、腰もとたをやかにして、糸を束ねしごとくにして、空だきの匂ひあたりにみち、ゆるぎ出たる有さま、まことに腸《わた》もちの弥陀如来かとあやしまれ、宿の子もちが姿によせては、中々塩ぐちて八月頃の指鯖の心地ぞする。さればこそこれにあきはてかれを忘れかね、又ゆきて逢ぬれば、谷の戸出る鶯の、初音をぼろの声を出し、又きさんしたか、早ういなんしなどいへば、この御言葉の有難さいかなる和尚の一句提携のしめしも、これにはまさらじと思はれ、近く立よりとかくかたらへば、したしきやうにしてうちとけず、気の毒なるやうにて挨拶おもしろく、三味線を引せよて、つるてんと引撥音、頓て買手をあがり鯲にせんといへる、ひびきあるぞゆゆしき。声うちあげて一曲をうたへば、心もうきたち、歌の声ともに有頂天になりつつ、明日はゑんぶのちりともなれ、わざくれ浮世は夢よ、白骨いつかは栄耀をなしたる、これこそ命なれ、その盃これへささんせよといへば、筍の如くなる御手にてさし出し給ひて、ひとつのまんといはれたるは、あつたものではないと、うかれうかれてまどひはつる。亀屋の何十郎とかや、さしも都に名高きうとく人、傾城狂ひをいたせしが、その妻吝妬《りんき》して、われもさらば傾城を買はんとて、夫婦のもの毎夜二人の太夫をよびて、伽の為めには半夜がこひ、御前座頭をよびあつめて、歌ひどよめきて、程なく一跡をたたきあげ、今ほどかの何十郎殿は、都のすまひもならず長崎にゆきて、日用の手間とりて世を渡らるると聞し、その外いにしへ今、あまたのまどひもの、あるひは傾城をさしころして自害し、又はつれて走りつつ、後にみつけられて身を亡ぼせし吉野屋の何がしとやらんいふもの、家は闕所になりぬ。その外あげ銭につまりて桶伏になり、ぬすみをしてかうべをはねられしともがら数しらず、そのはてのよきはなし。金銀なければ直たかき道具をしろなし、ついに家を棒にふりて、柿染のかたびら一枚、破れ紙子一重なりては、中々目も見かけずなりゆくは、今のことぞかし。思ひとどまり給へと言はれけり。瓢太郎聞て、かかる仰せこそ有がたけれ、今より後は不通とまいるまじとて、ことごとしく誓文をたてて、宿老をばかへしつつ、その足にて又島原にゆきけるが、ついにはみなたたきあげて、かのてつるてんのすりきりとこそ成にけれ。

浮世房京内まいりの事

今はむかし、浮世房は京のすまゐもなりがたし、諸国修行と心ざし、墨染の衣を章魚からけにからげ、なむあみだがさを引かぶり、しもくづゐにすがりて立出たるが、かくぞ思ひつづけける。

こころよりおこらぬからに道心の
　　ぼだいのたねもみよさなるべき

と詠じつつ、さらば都のすまゐ、けふを限りの思ひ出に、京うちまゐりをせばやと思ひて、みなみ西の端より、東寺を始めて拝みめぐる。五重の塔婆灌頂堂より羅生門をみめぐり、本堂の正面にまうで、ふしおがみ

すてはつるわが身とうしの小車や
うきよをめぐるためしなるらん

とかくし題によみつつ、北につづくや大通寺、かの島原の御全盛、むかしになるやそなたぞと、心ばかりにながめやり、契りし君が面影に、さすが名ごりはおしけれど、またなりはつる身のゆくゐ、むかしをくやむこころありければ

都をばけふたちいづる名ごりより
君ゆへすてしかねのおしさよ

これよりすぐにしる谷ごえに、いづかたへもゆかばやとは思へども、又見ることもかた糸の、よるべき道にはあらねど、今一度四条河原を見物せばやと思ひ、おなじ道にたちかへり、下河原祇園林、さて楼閣にたち入つつ、牛頭天王をふしおがみ、四十九所の御やしろ、四十九院をあらはして、無常をつぐる鐘の声、いつかわか身にしられんと、思ひ思ひ行ほどに、河原に出でたれば、浄瑠璃のあやつり、女かたの歌舞妓、鼠戸によばはる、声かしましく覚えて、名に高き女形の上手、夷屋の吉郎兵衛、その内に大坂庄左衛門、江戸助兵衛が芸づくし、若衆どもの舞踊る有様に、か

の瓢金の浮世坊、心ただ空になりて、道心うちさめつつ、あれあれ御来遊よ御作はたれぞ、腸《わた》もちの弥陀如来かいき仏など、ただ口もなくわめくほどに、小歌もなにもわけが聞えず、傍なる人大に腹を立て、これなる房主は出家にも似合ぬ、ただくちもなくわきちらすことこそやすからぬ、物言はずとも見さしめといふ。うき世房腹をたてて、それがしが口にていふことをとどめんとや、あらおもひよらずもをかしき人かな、和どのものいはずとも見さしませといふ。にくい坊主かな、それひつたてられなどいふ。さらばひつたててみよといふ。そのまま喧嘩になり、とりあひつかみあひ、衣を引やぶる、むなぐらをとる、どやどやとして大いさかひになりければ、楽屋芝居のものども出合て、二人ながら鼠戸のそとへ引いだす。男も世を忍ぶものなりけん、人にまぎれてゆきがたなくいにけり。うき世房おもひけるは、口おしき事かな、われ男ならばかやうにはとがめじ、あらむづかしの出家や、身もちもままにならず、とかく坊主はよからぬものなり、そるまいものをくやしくも、そりおろしけるものかなと、かしらをかきなでてかくぞよみける。

梓引そりそこなひしくろかみの
　ゆひがひなくもくやみゐるかな

とかやうに口ずさびてたたずみゐたり。（『徳川文芸類聚』二）

以上の他に了意作として著名なるは、左記の如きがあった。

『東海道名所記』　万治元年
『むさしあぶみ』　同四年
『本朝女鑑』　寛文元年
『錦木』　同年
『江戸名所記』　同二年
『堪忍記』　同四年
『京雀』　同五年
『お伽婢子』　同六年
『狗張子』　元禄五年
『曾《そ》呂《ろ》利《り》狂歌《きょうか》咄《ばなし》』　（刊年不詳）

これらの類は、他の作家のものからも拾えば、未だ相当にある。

第三節　笑話物

純文芸としての価値如何はしばらく措いて、国文学上の一要素を為すものとして、笑話頓作軽口の滑稽趣味的伝統ほど永続したものはおそらくあるまい。その源流は遠く平安朝にも溯ろうかとも言われて居る。かの『竹取物語』に、一節毎に落語の下げに似た洒落なるものが附いているのが、今日の落語の祖と云うべきものと言われて居る。下って鎌倉時代に入れば、多くの雑纂物《ざっさんもの》、特に『宇治拾遺』、『古今著聞集』などにその例乏しくない。『著聞集』の「興言利口」の如き、その感が深い。更に室町時代に至っては、お伽草子、狂言などにこの種のものが多く含まれている。前者には『福富草子』、『物くさ太郎』など、後者に至ってはほとんど例を挙ぐるに堪えない。かの一休や曾呂利《そろり》咄《ばなし》の伝説的話柄は今なお講釈師輩から斯界の神の如く尊敬されているのでも想像出来よう。これらの系統はやがて江戸の黄表紙、洒落本、小咄などを呼び起こし、更に滑稽本に流れて、近世「笑」の文学として一重要な意義あるものとなった。

江戸に於ける笑話の元祖としては、元和元年に京都所司代板倉重宗《いたくらしげむね》の為めに起稿したといわれる、安楽庵策伝《あんらくあんさくでん》の『醒睡笑《せいすいしょう》』がもっとも著名であるが、これと前後して元和活字版『戯言養気集《ぎげんようきしゅう》』横本二冊と、ほとんど同時に出たらしい『きのふはけふの物語』大小二本の活字本もある、刊行年次から言えば『醒睡笑』はいちばん後れて世に出たことになって居る。この三書はいずれも織豊二氏時代の軽口頓作の小話を集めたもので、なかんずく、『きのふはけふの物語』は猥雑にして卑陋《ひろう》な話が多く、内容もほぼ相似たりで、当時の公家武家僧侶の猥芸行為や、市井の茶話などから成る。且つ同一の材料を併用した箇所も尠《すく》くない。それ故どれを著作の先後とすべきかは一寸困難である。共に稚児若衆に関する猥談が大部分を領して居る。左に三書より文例を示そう。

戯言養気集――おちごさま、山上一のとある二和尚とね給ひて、大いきをつつけさまに十計つき、いやいやと仰せけるを、なふなふ何事ぞ何事ぞと、ほうるん申され候へば、はもじなる夢を見てと計ありしを、先御かたり候へかしと仰せければ、小袖を二つ三つ御きせ候て、その後もちを事外しゐさせられ候つるを、つよくしんしやく申たるやうに覚えて、夢さめたるとのたまひけるを、そうじて春の夢はあひかぬる物じや、御心やすかれと申された。

きのふはけふの物語――よし野にての事なるに、ある若き者、山中にて山のいもを掘りけるが、深くねへいりければ、うつぶしになり、腰より上を穴の中へ入、尻をもつたててほる。折ふし山伏の通りけるが、此者の尻を見て、日本一の事と思ひ、無理にたしなませて通る。此男迷惑して、やうやう穴より起き上る所へ、友達の来りければ、扨々ふしぎや、只今我尻から、あれなる山伏が出て行が、なにとしたる事ぞ、あとが損じたるか見てくれよといへば、友達さしうつぶきて、しばらく見て、いやいや又小山ぶしが出ると見えて、をくにほらの貝のおとがするぞ。

ある女房、十ばかりなる子をだいてねた。さて、子がねいりたると思ふて、男の所へ行きた。男いふやうは、かめ女が目があかうが、なにとして来たといひければ、そつとぬけてきたといふ。さて一義を企てて、しみたる最中に、かめ女そばへよりければ、母親申けるは、われはなにとて来たといひければ、かめ女申けるは、おれもそつとぬけて来たといふた。ぶだうなる坊主、若衆をむりにをしつけたしなませて、あとを指にてひたものくじる。是は何事ぞ、狼藉なる事かなと腹を立てけれども、是程あぢのよきは不思議じや、中につびがあらうといふた。

醒睡笑―児といねたるに、法師如何ありけん、歯を一つすひ抜きたり。肝をつぶし、暇乞までもなく遁げて帰り、静に火をとぼし見れば、麦飯にてぞ候ひける。ふたしなみなお児の有様や。

児にかくして坊主餅を焼き、二つに分け、両の手に持ち食せんとする処へ、人の足音するを聞き、畳のへりを上げ、あわてて半分をかくすに、はや児見付けたり。坊主赤面しながら、「今程の有様を、おもしろく歌によみたらば、ふるまはん」といふに、

山寺のたたみのへりは雲なれや
かたわれ月のいるをかくして

以上の他に寛文期を中心として著名なものに、万治二年の中川喜雲《なかがわきうん》作『私可多咄《しかたばなし》』を始め、寛文の『一休ばなし』、瓢水子松雲《ひょうすいししょううん》の『狂歌咄』、延宝には『当世手打笑』があり、殊に同八年春の出版『加《か》る口大笑遠慮』は小咄の内でも最も好色的の代表的なものであり、やや下って貞享に至り、『麻野武左衛門口伝話』『鹿《しか》の巻筆《まきふで》』など、いずれも上記の流れを汲む笑話、軽口本として注意すべきものである。更に次項の滑稽旅行もしくは名所記文学と雁行《がんこう》して、次期浮世草子の発展に尠なからぬ影響を及ぼしたことは、否むべからざる事実である。

以上は大体江戸前期のものであるが、後期に於いて特殊の存在的発展を見たものに狂文がある。風来山人《ふうらいさんじん》、蜀山人《しょくさんじん》、手柄岡持《てがらのおかもち》、宿屋飯盛《やどやのめしもり》などを代表とすべく、なかんずく風来山人は最も洒落滑稽を通り越して、野卑猥雑を極めていた。

風来は平賀源内の戯号で、安永八年十二月に五十一歳で病死したが、もと讃岐の産まれ、鳩渓《きゅうけい》また天竺浪人、森羅万象、福内鬼外《ふくちぎがい》などともいった。江戸屈指の奇才で、『矢口渡《やぐちのわたし》』の如き著名の劇作もあるが、狂文的に有名なものは『風来六々部集』で、この中の「放屁論」、「痿陰隠逸伝《なえまらいんいつでん》」は厭巻であるが、殊に後者はあまりにも文辞猥乱を極め、到底公開し難いものであるから、参考までに巻頭の一、二行を示す。

天に日月あれば人に両眼あり地に松蕈あれば膀に彼物あり、其父を屁といひ、母をお奈良といふ。嗚は陽にして臭きは陰なり、陰陽相激し無中に有を生して其物を産す、因て字を屁子といふ。云々

跋

痿陰先生既隠濃志古志山、歎日、衆人皆起、吾独痿、不義而開且穴、於我如浮雲、吾聞其勢、則大於見湯屋、雖痿乎、可謂大陰矣、惜哉其痿如趺、而其不起如木也、嗚呼勢骨三強、亀稜之高、不逢開与穴、則徒掻一本手弄巳、与其起也、寧痿、痿勢之時、義大矣哉、唐之唐人日、孔子不逢時、予於痿陰先生亦云。

皇和明和戊子春二月後学陳勃姑書干勢臭斎　□□

風来にはなお『長枕褥合戦《ながまくらしとねがっせん》』の猥文があることも有名であるが、この狂文は明和四年の作で、発表したのは安永五年であった。

右の風来の諸作の如きは、最も悪諷刺の代表作であるが、同期の随筆風のものになると、内容的にも余程文学的に向上したものがあった。それには一方傍系の浮世絵の発展もあり、印刷術の進歩も原因していたので、列挙に遑《いとま》ないほどであった。

元来好色本と褻雑本とは、特に区別し難いものもあるが、とにかく江戸期に於ける好色随筆と云えば、擬古文の三大奇書と称せらるるものが、代表した作品として挙げられている。すなわち山岡明阿弥《やまおかみようあみ》の『逸著聞集《いっちょもんしゅう》』、沢田名垂《さわだなたり》の『阿那於可志《あなおかし》』、黒沢翁満《くろさわおきなまろ》の『藐姑射秘言《はこやのひめごと》』の三篇である。これらはいずれも当時の名ある学者の戯文だけに、品位と行文とに於いても凡俗作者の追従を許さぬものである。

この三人は共に江戸期の末期に活動した人物で、安永から化政安政期の作であるのも奇である。中で『逸著聞集』は一個人の著作と云わんよりは拾遺ともいうべきもので、『古今著聞集』、『宇治拾遺物語』、『今昔物語』、『本朝法花伝』などの、洩れたる奇聞や異説を集録したものともいうべく、従って文体も全く擬古的国文体で、すこぶる高雅な諷刺と軽妙の文である。この著者は一般には前記の山岡明阿弥とされているが、序の年代その他から推してもっと古い人の作ではないかと思われるが、この考証は別の機に譲るとして、今は一般の山岡説に従って進めて置く。

三奇書の中、この『逸著聞集』は多くは伝写されたもので、従って世上にも至って散見するものが少なかったが、他の二書は早くから印刷または写本として、好事家の間に愛玩されただけに、類本の今に残るものも多くあるという結果になっている。共通のものに『著聞通』がある。

明阿弥の名は浚明といい梅橋散人《うめはしさんじん》とも称した。江戸の国学者で、初めは真淵の門下だったが、後一家の説を建てて独立した。安永九年六十九歳で没しているから、正徳二年の生まれであろう。主な著に『類聚名物考《るいじゅめいぶつこう》』などがあり、従五位が追贈されている。

本書は元本二章と序にはあるが、上野図書館本は三冊になっている。すなわち一巻が二十二話、二巻が十九話、三巻が十七話、合計で五十八話となっている。左に二、三話を原文のまま紹介して見よう。

第一

内舎人鬼武はいみじきをのこ者なりけり、久しく宮づかへをしてければ、女がたもゆるされ、そこらありきけり。いつの頃にか有けん、二条院の御方達の事有けるとき、馬道のあたりはひありけるに、時はみな月十日あまりの頃なれば、ひるは草木もよれかへれる程のあつさなるに、日もやうやうかげろひて夕べ涼しき程なれば、すずみとるべきけしきなるに、女房の連おとなひあまたして、そよそよとうちつれて、東のわたどのを過て、釣殿のかたへゆくさまなれば、鬼武かいそみていま見れば、女房たちはとのかたを見やりて、ひとりがいふやう、あはれよき夕べかな、蛍などぞ飛かふべきといへば、次なるは、秋すでにちかきなるべしとくちずさみけり。鬼武おもひけるは、くやつあなにくのふるまひかな、めに物見せてくれんずとつぶやきて、きりかけだつもののすこし崩れたる穴より、いらなくおほきなるものをゆくりもなくつとさし出してけり。此をのこはまらに取てはいみじき高名の者なりければ、さぞいかめしくありつらんに、さきなる女房かいそばみて、かたはらめに見て、おどろきもせぬけしきにて、あなやあれ見たまへ、いつもはつねのとほのかにいへば、次の女房はいとかれたる声して、千夜を一よにとうめけば、しりに立てるは扇さしかざして、だみたるこゑにて、桂のごときとつぶやきてぞ過けるとなん。むかし人はとりどりにかくいちはやきみやびなんしける。

第　三

あるみやばらの女房みそか法師をもちて、夜な夜な局へいれけり、或る夜法師しとのしたかりければ、いづくにか穴あると女房に尋ねければ、其さほの下にこそ穴は侍り、さぐりてし玉へとをしへければ、此法師はひよりてさぐるに、穴にさぐりあひにけり。すでにせんとしける程に、をりふしあしく屁のひられんとしければ、しとを念じてためらひいたり、しとを息づまば一定もひともに出ぬべくて、ひかへたるをばしらずして、女房穴をさぐりえぬとこころ得て、はひより、いづくにぞと探るほどに、あやまたず法師の脇へさし入てけり。この僧こそばゆきたへぬものなりけるにや、おびえて身をふるふほどに、へもしとも一度に出にけり、穴にとりあてたるまらもはずれて、しとさんざんとはせちらされにけり。隣の中のやり戸に穴のありけるより、しととほりて、遣戸のそばにねたりける女房のかほにかかりければ、かくとはしらで、雨のふりてもるぞと心得てさわぎまどひける。をかしかりけることかな。

『阿《あ》奈《な》遠《お》加《か》志《し》』は国文学上の好色語意を検討した、コントの最高峰的のもので上下二巻四十二章にしたもので、著者の沢田名垂なることは動かない。名垂は会津藩の国学者で、水戸弘道館学制編成の資料となった、『和学修行意見』の起草者でもある。安永元年に生まれ、弘化二年に七十四歳で没している。この玄孫に沢《さわ》田《だ》例《れい》外《がい》があつて、大正末期に家蔵本として覆刊したのが、『定本阿奈遠加志』である。（例外については川柳の項に説く）巻頭の一、二節を抜く。

一、尻のあな、そのとなりめく所をよびて、前どの、いまだお目さめ給はぬにや、よべはいかなるまれびとのおはしましつるにか、いとにぎはしくて、よそながらいもねられ侍らざりき、といふ。前、いとはづかしげにて、何ばかりのことも侍らざりしが、よべはなき人の逮夜にて侍れば、いささか御のりのわざを、いとなみ侍りといふ。尻うなつきて、げにや、見なれぬ大法師のいでいりしげく侍りつるは、とぞいひける。

二、肛門のひだめは四十八本あるよし、ふるくいひ伝へたれど、ものにしるせることはなきにや、四十四の骨節、八万四千の毛竅などは、内典にも多くのせられしかど、此ひだめのことは見えず、又肛門の一名を菊とよぶことも、此ひだめ、その花ぶさに似たる故の名なるべけれど、ある人の抄には、菊花紫紅色なるものおほくは四十八ひらなりとも見えたれば、これはもしさるよしにもとづきていふにや。何がしの院の女房一条が集に、男のもとにいひつかはしける、

をみなへしなまめく野へをよそにして

きくにこころやうつろひぬらん

とあるは、やがてこの異名をよめるなるべし。

次の『はこや秘言』の著者は、一と頃は石川雅望《いしかわまさもち》との説も伝えられたが、大体は黒沢翁満の著ということに落ち付いたらしい。

翁満は律居と号し、寛政七年伊勢に生まれ、[本居《もとおり》]宣長《のりなが》の門に学んで桑名侯に仕え、大坂

に留守居役となっていたが、安政三年四月に六十五歳で没した。

本書の原本は美濃判二冊から成り、後編は安政六年秋刻成るの由が巻末にある。他の二著は写本で伝えられたが、本書は初めから刻版にされたもので、明治大正期前後にも活版本はあるが信用出来ない。ただ写本は諸家の秘蔵本いずれも多小の相異があるのは致し方がない。各編とも十話ずつ合わせて二十話のコントで、前編は王朝小話、後編は史的挿話でもある。

この本文は総ひらがなで、文字も美しい木版本であるが、判読し難いので漢字混じりに一、二章を抜いて見る。

一（前篇）

暑かりし夕日もやうやう山の端に入りはてて、風冷かに青簾吹き靡かしたる母屋の庇に端近うゐざり出て、蒲莚の上に欄干に倚りかかりて、前栽の撫子見出したる人あり。浴みて出たる程なるべし。縹の大目結ひの衣ないがしろに着なして、紅の括染の紐いとしどけなげに結びたれば、胸のあたり放俗に白き肌の掲焉なるを、状よくもてなして、額髪のわららかに後れたるを、白銀

の簪もてかきて居り、その鈴のからからと鳴りわたるさへなん、いと艶にて、良き程にねびとと
のひたるさまの、もてなし容態、愛嬌づきたり。下婢なるべし、柴といふもの持て来て、火桶に
蚊やり薫らしつつ、何にかあらん、うちささめきて、いと小さく結びたる一片の文取りいで渡す、
うなづきて取りて見る。手はいとよくもあらねど、墨つきうすくこくし、文字長に好色《すき》がましう
書き紛らはしたり。
「かしは木の葉守りの神のたたりをこそ、煩はしうは思うたまへながらに、なほ得あらでは門にた
ちて、下婢に幾度かは勘当せられ侍りし、さるを今宵の方たがへて、一夜廻りの神事となん、す
ずろはしきまでに如何は、よろづはやがて」とぞあるめる。
さるはこの家主が今日は物へ罷りなるを、隠密に消息せる返事なりけり。巻きかへし納むるを、
下婢は笑み傾けつつ見て、
「あはれ宿世といふものばかり怪しきは侍らじかし、竹の中より生れしといふかぐや姫、吉祥天女
などいふ際は、人間の胤ならねば、そは異にもこそ侍るめれど、我が君や、天下の美人におはし
ませば、当代の小町とこそもて斎かれさせおはさうずめれ、さるを家君のいと骨なく、なほなほ

しく、年さへ此上なう隔ちたまへば、あな似げなの醜男を、宿世やと心苦しうなん見給へつるを、猶かかづらひて、得もてはなれても物したまはぬは、あのおん鼻のいと厳しき相にたいたて、寝殿も建てつべかりけん、面白の駒、鼻もたげの僧都鼻豊後などにも、をさをさけ押されさせ給ふまじかめる、おん鼻つきの、おほきやかさにみ心の泌むにやあるらん」と笑へば、

「あなかま、何事を、聞き苦しきに」とほほ笑みて言ふ。

「いでやいと寂みしく、いつまでかくてはと、心つきなう見給へしに、某が消息つたへそめ侍りてより、かの君のおはし通ふは、いみじき御前の光にこそあんなれ、今在五とぞ人は言ひ侍るかし」など舌疾にいふはしに、日は暮れ果てぬ。火ともし格子下しなどすれば、衣脱ぎかへ、毛掃除などよろづに心して待つなるべし。

夕月夜の空はしたなからず、樗の追風も艶なる程に、小柴垣の彼方に、うちしはぶきて扇をはたはたと鳴らするを聞きつけ、舌疾人ぞ庭石をつたひて行く。もろ折戸は此方より鎖したれば、今ぞ開きて伴ひ入る。この懸想人や年なほ若かるべし、物々しき気はなくてなよびかにいたうそびやきたり。山藍もて蝙蝠すりたる、単衣の褄、片手にくくみ持ちてのとと入り来る、いと

練じたる様なり。隅の間の障子口より推しやりて、

「用あらばおん手鳴らして」など、例の舌疾にささめきて入るめり。

灯はあなたに仄かなれど、衣被の香薫りみちて、蚊を遮ふる羅の帳いと涼しげなり。花莚の上に小枕ふたつ並べて、凋えばみたる衾の端に正身はただ隠れて、流石に顔うち背けて居り、やをら入りて添ひ臥しながら、

「且暮雛据えたらんやうに、並びおはする主の君の、たまたまおはさで寂しくや」と背ゆりうごかせば、

「人の心をも知らで、あなにく」といふ口に口さしよせて、嘗むるなるべし。帯ひき解きて、睦れ合ひつつおよびをほとにさしふたきて、ぬらぬらとかいさくれば女もつぶつぶと、白う肥へたる手をのべて、男のててらかいやり、手まさぐりにとらへなど、互に甘へて暫しこそあれ、果ては雨となり雲となり、衣一重も疎きにやあるらん、名残りなう脱ぎすてて、汗もしととにらうがはしう、我を忘れてよよとぞ泣く、気上りて物も覚えぬなるべし。

次の間に一人聞き臥したる舌疾人も、さすがに傍寂しくや思ふらん、いも寝られぬに、かすか

に唸く声、かみのほこほことおしころかるる音など、睦言のはしはしさへなん、ほのほの聞えて、なまけやけしと思ふ折ふし、門の戸荒ましう打ちたたきて、「開けよ、開けよ」といふ声すなり。むくつけくて、「すは、帰らせ給ひけるよ」といふ声も隠密なり。門よりは慌ただしく、ほとほと打ちも破りぬべけれど、ただ寝おびれたる声して、「ををを」と、うち応へつつも、頓には開けぬなるべし。その隙にみだりがはしきもの何くれと取りをさめて、猶別れ難に、手を執へてそぼれ交しなど、いたくも慌てず、例の諸折戸より出しやりつ。

今ぞやうやう覚めたる顔して、門の戸を開くるに、酔ひて帰れるなめり、鼻息荒々しうして、「夜はまだいたうも更けたらぬを、磨を久しう外に立てて、いきたなきも程こそあんなれ、いみしう蚊の喰ひたるは」と骨々しう、よろほひ入るを、紙燭さしつつ尻眼に見おこせて、「しはし門に立給へるをだに、いと勘し給ふよ、今めかしきおんあたりにて、如何なる人とか汲み交し給ひつらんを、小夜更くるまでまろ寝して、待ちわびし心の中は、思ひくらべ給はで」と怨じかかれば、

「いであな思はずなりや、いたく酔ひたるを、心になかけ給ひそ、わが御許を措きては、いかがはいかがは」と華やかにうち笑ひつつ、よろめき倒れんとするを、「あな、危うしや」と抱きながら、諸倒れに衾のうちへまろび入りて、そのままひたと添ひ臥すなめり。また如何なる夢をか、見んとすらんと、可笑し。

十（後　篇）

筑波山うしはく神の昔より、かがふかがひ、と詠めりけん上れる世の手ぶりをつたへて、田舎人は万事じほうに、飛鳥川の淵瀬と変り、芳野山の花にのみなりもて行くめる、世のただずまひにも移らず、古代の儀式と大切に伝へ掟てて、聊かもさくくみおよづけぬなん神のみ心ならんと可笑し。

女男二柱のおほん神の動きなき御なからひは、かけまく畏し、国の名に負ふ常陸帯の喞ち言ばかりも遇はまほしう、みなの川の淵とつもりし若人の月頃の恋も、今宵一夜に果すなるべし。

埋れいたき木強人の祖父も、孫の娘、斎き装束きて、今宵ばかりは、男の数多からんやうにと出しやり、郡の大領の愛娘をさへに、稲つきてかがれる手もて戯くるをも、神のいさめぬ習になんありければ、我妻に人もたはけよ人妻に我もたはけんと云ひけんやうに、そこのをはやしに引入れて、愛人の面も知らず、道行人を誰と知らねど、たらちねの母が呼ぶ名をのるもあるべし。

大原野の雑魚寝と言ひけん、かやうのものにて、筑摩祭の鍋の数もて、小夜衣いさめさせ給ふ、おほん神のみ心とは、いと反対なる神業なりけりとあやし。宵の程こそ神々しう、神主はふりだつものの、いみじき作法どももなどもありて、道の彼方此方所狭う、しづくの田居に刈上げし早稲の新しぼり、うばらの餅などひさぐ芦の丸屋、香菓泡、まがり、などやうのから果もの売るあぐらともなど、らうがはしう建てわたしたる中を、あち押しこち押し、遠近人ともの、後なる人に皸踏まれつつなんねり歩く。

髪のかかり古代めかしう、猿楽の画かけたらんやうに顔きはきはしう、白きものして、毛紋綾の襟さま悪しう殊更にもて出し、濃き紫に紅梅の折枝、小松摺りのきぬのさいさいしきを、骨なうつぼさうぞきたるは、里の長の弟嫁などにやあるらん。

色黒う鼻ひびらぎて、向歯黄ばみたる男の殊更に手の指のいかめしう太きが、厚肥えたるきぬの裾に、山藍もて磨りもどろかしたる、たへのほの指貫だつものはきたるは、山樵の垣ほの内の婿がねなどにもこそあめり。
誰も誰も糟湯酒に酔ひしれて、こちこちしうあざればみ、おほどれたる声して、あさんずの橋のとんとろとんとろと姦しう唄ひののめきなともすめれ、やうやうに別れちりて、筑波山の彼面此面に、蔭を求めて、いながらの間などにかい潜みて、おのがじじの好き業ともする。
常は直ぐ直ぐしうじほうなりと見し里のおきなの、隣の娘のまだいと堅なりなるを捉へて、ひたぶる事して、覚えず痛めて、詫ぶるもあれば、年古りても色めかしう、なまめくおうなの老舌よよみて、若人にあだえそぼるるもあめり。
あはい近う、ごぼごぼと紙のおし丸がるる音、泣きみ笑ひみする声なども、名残なう聞えかはせば、いとどここちときめきて、若人は殊に隈なう漁り歩くなりけり。暗き方よりふと袖を捉へてをみな、
　　筑波根のねろに隠り居過ぎがてに息づく君を寝ねてやらさね
となん、言ひかけたりければ、男かへし、

妹がごといなとは言はじ筑波山かくれの方に袖はひきてよ

と云ふ云ふやをらそひふして、口さし嘗むれば、女は手を延べて頸にまとふなるべし。

田舎人は放俗にきぬの重ねなどもはしたなきを、むくつけうかい広げて、太く節立ちたるおよびもて、ひなさきのあたりおしすれば、ひきいれこえしてとうとうと、すみやかるるを、なほしばしのどめて、やうやうにさし入るれば、

「ようぞあるや、家にあれば老人の、いと悲しうちさきがうへに、しじまひていとど言ふかひなきを、宵々に口惜しき宿世もちたりけりとなん、あかぬ心地しはべりつるを、君がごもちの此上なうめでたきや、みもとろろきて、たえいるここちもしはべるかな」

などいひよかれば、男も

「いさとよ、まろこそは醜女宿世を悔ひわたりしか、定過人にさへなんあなれば、頑ましう物ねたみをして、ともすればうけはしう、うち怨ずる面つきのむくむくしく、長う見果てん物としも覚えぬを、今の逢ふ瀬は、神事とこそ思へ、またの今宵を待ちわたらんは、たなばたひめのここちもせんを、いづら諸共に這ひかくれて、終の寄辺と頼み聞えんは、如何に」とさし覗けば、

「詐りの無き世なりせば」と抱きしめて、心をとるもらうたし。あくかきりむつび合ひて、かひなを枕にしばしあだえてある間に、有明の月やうやうさし昇りて、樹間ながらに顔のあざあざと見えたれば、

「あなかたはや、心づきなうぞあるや、我が夫にておはしましけり」と詫ぶるに、胸つぶれて、

「妻にてありけるよ」

あさましう、開きたる口のせんすべもなきここちするを、女はつきづきしう言ひなして、

筑波ねに行きふれたるをいまをかも悲しき子らも思ほさぬかも

とよみて泣きけり。

以上の三大奇書に次ぐ類似のものに作者不明の『袋法師絵詞《ふくろほうしえことば》』がある。あるいは江戸時代より以前のものかも知れず、『太秦物語《うずまさものがたり》』と同書との説もあれど、要するに古くは絵巻物として久しく伝えられたものが、江戸期になって詞書を作り添え、それが写本から写本となったものであろう。

と云うのは現在一流文庫に秘蔵されているものは、多少とも行文に相違があり、且つ後半を欠くものが多いのは奇である。その後半は袋法師が局々の女性に寵愛の的となった結果、終に神経衰弱になって、命からがら古寺に還るという結びが欠けているので、これあって僧の破戒の過程が判るのであり、前半だけでは未完成のものである。ただし、その後半の文章は厳格に見れば、多少時代的の相違があるので、あるいは後人の補筆と云えぬこともない。

筆者が今までに目に触れた写本は文化、文政、嘉永などの後記のものが多かったので、江戸末期の詞のみの作かと見ている理由もそこにある。その前半を左に抄録する。

人のものいひさかなき世のならひとて、かかる事さへかきつとふれば、色ふかき女のうき名をくたせる、長き世までのためしとやならむ。

されはいづれの御所の女とも知らず、三人打連れて、神詣での帰るさ、都の外の遠き山路をたどるに、さるべき案内もなくて、わけ迷ふに、笹原の露も所せきまきまで、袖に乱れ、そよ吹く風の響きも何となふ心すごく、如何なる狐やうのものにも、たばかられてんやと、いとわびしきに、とある河原に出るに、立つ浪白う騒ぎて、さかまく水の勢ひ、見る目もおそろしく、岸のほとりにつと寄り添ひつつ、渡り守やあると、待ち休らうに、いとむくつけき法師、墨の衣かひがひしく着なして、舟を岸によせ、早やなど思ふ気色見へて、こなたの方を招く。人々見給ひ、こは神仏のあやしの道に迷へるを、あはれみ助け給ふにやと、いと有難ふうれしくて、一人は舟にとく乗りぬ。二人の女どもおくれじと急ぐに、法師打ち笑みつつ、竿をさしおきつつ振り返り、かたはらよしめきたる有様、心にくく侍るぞかし。

三人の女は一人の法師を、あが仏と頼みて、向ひの岸へ送り届け給へといへば、打ちうなづきつつ、沖なる川に押出す。離れたる小島によせて、船をばつなぎ置きて、わが身は踊り降るるままに、袈裟衣ほろほろと脱ぎ捨てて、打ちねぶりゐて、船出すべきけしきも見えねば、女どももてあつかひて、去りとてはさて有るべき事ならねば、めのと子にていとうとからぬ女を具したりけるが、とかくあしらひ見申さんとて、何事を思ひ給ふぞ、いかなる風情なりともおぼさんままになびき奉らん、などいひ侍れば、かしらを振り打悦び中にちとおとほしく見めもよく、このもしげなるに指差して、あれをといふけしきを見せければ、今は如何いふともかひあらじ、心を許してこそ、望みたへらかにあるべきといひ合せて、二人は薄衣ひろげて立かくしつつ、一人をあづけ侍れば、ゐしやも無く押したをし、帯を解きひきさくり、くれなひの下紐を己が頭に頂きて、いとこのもしげにぞ巻きてける。女は小声にはぢらひのたまふは、おかしき法師かな、絵にかける達磨に似たり、其六師は九年面壁とやらむ座禅しのび、腰より下くされしとかや、そこにもくさらかし給ひしにや。

又三つ四つ年おとりしとおほしきが、十八九ばかりにて、いとほこらかなるに指をさせば、是ほどの事になりぬる上は、と又ゆるしてけり、いやしきものには袖をしきつつとこそ聞き侍りしに、勿体なくも袈裟衣打敷て、初めの如く巻きてけり。

また始め頭をふりたる女に指をさせば、これは兎角いふに及ばずとて、うちはたけたれば、法師少しもひるまず、案内なくこねまはせば、女はもとより待ちわびたることなりければ、いきほひ中島の瀬よりも早く、法師も浮くばかりになりければ、抜手をやきりなむ。一人ならず二人三人まで、思ひのままに巻きければ、みなみな舟に打乗せて、向ひの岸に着け侍りぬ。

去るほどに日も暮れかかりければ、道のほどおそれあるよしなど云ひつつ、いとふ心侍りければ、僧送り都の方へとおもむきける。

漸う太秦より東なる所に送りつけたりければ、此女房西の対とおぼしき局に入りぬ。送りの僧は築地のかたはらに、ただつみ居たる程に、しばらくありて乳母《めのと》の女出で、有難くも是まで送り給ひぬ、此世一つならぬ事と浅からずこそ思ひ侍る、山寺法師の御身には、おのづから申させ給ふべき事などあらむ折は、是迄見えさせ給へ、わらは心得申べきなど云ひければ、法師は悦び打ちうなづきて帰りぬ。物を言はぬは唖の真似をするなるべし。

扨、ひと日二日許りありて、彼僧来りたそがれほどに、教へし西の対のほとりをさまよひける程に、有りし女出で、誰人なればまいらせ給ふぞ、もはや門立しまふ折から、いはんや目もしげし、さか無き口もうとましう侍れば、とくとく築地の外へ出させ給へと、聞きも入れず。此法師は着物脱ぎ片手に持ちつつ、やがてすだれ打上げ、局へふと入りぬ。

女房あはて騒ぎけれど、例の物をも言はず、只目をしほしほと打ちたたきてぞ居たりける。わけある女共、いふ言の葉もなければ、あきれて詮方なく、西の対の御前へ出て申けるは、近き頃神詣での帰るさに、送られし僧の来りて候ほどに、色々すかし暮ちかくなるままに、とく帰り給へと申せど、いらへもせで、ふて顔にて帰るべき体ならず、如何いたし侍らむと申上ければ、台の上きこし召し、情なふかき法師の方なれば、むげに帰さんもほゐなし、又留め置かんは人目憚るとて、お案じなやみ給ひて、大きなる袋をかしらの上へ打掛けたれば、息もせずかがまりてぞいたりける。西の対の御情も故ありげに覚えてをかし。

神詣での女房の帰るさの事、あらましこそ御物語り申あげけれど、しかじかの事は元より申すべき道ならねば、台には知ろしめさむやうもなし、法師が事よき幸と思召し、今宵は胸なんいためり、早くいねばやと、帯やり戸を立ておろし、打臥させ給ふに、人静まり彼法師袋の下よりはひ出で、御傍らに寄り伏しぬ。台にも未だいねさせ給はず、こは浅ましく心うきわざかな、自ら人も聞きなば浮名や洩れんと、ひたすらにわび給へば、ただ応へもせずふところへ手を差入れ、きぬの前ひきまくり、掻きさぐりければ、いきとろめきて股の内尻のかたさま、ふのりをこぼしかけたるやうにて、好もしさいはんかたなし、左の手にて御くしをかきよせ、口をすわすわ吸へば、御顔は涙にぬれけるにや、ひやひやとして、御口のうちはあたたかなりければ、心ほれほれとなりける。（以下略）

なおその項に加うべきものに、柳里恭《りゅうりきょう》の名随筆『独寝』がある。里恭の姓は柳沢、通称を権大夫といい、大和郡山藩の老臣で才文武を兼ね、宝暦八年に没したが享年は不明である。

この『独寝』は壮時の風流随筆で、遊女の心事その他情事の解剖記だけに、行文忌憚《きたん》なく猥雑にあたる章句も多い。安政五年［達磨屋］活東子《かっとうし》の序を添えて出版され、『燕石十種《えんせきじっしゅ》』の内に収められていたが、国書刊行会本に複刊されて居り、従吾所好社本にもあるので、文例はここには省略して置く。

第四節　旅行記文学と名所記と川柳

当代の三都を初め、諸国の風物を描いた旅行記文学の一群が、当期に崛起《くっき》したことは大いに注目に値する。なかんずく、最も早く出て、最も有名なのは『竹斎』草子である。

『竹斎』は寛永年間の著作にして、作者は烏丸光広《からすまるみつひろ》と伝えられている。一編の内容は、山城の国に竹斎という薮医者《やぶいしゃ》があって、一向に流行らぬので、召使のにらみの介を連れて、諸国巡歴を思い立ち、まず京の神社仏閣を拝し、諸々の興行物を見物し、更に東海道を下って名古屋に足を止め、滑稽、頓智《とんち》あるいは思わぬ失敗を招きては、名所旧蹟を訪ね、狂歌を詠みちらしつつ、辛うじて江戸に着くというのが大体の主旨である。

本書について注意すべきは、単に旅行文学もしくは滑稽文学として特色あるばかりでなく、本文学史の対象世界たる好色的方面にも、浅からざる関係を有して居る点である。それは本書二巻の内上巻はほとんど男色物語をもって埋められているからである。また江戸時代初期に於ける男色恋愛物語としての戯作は、本書あたりが嚆矢《こうし》となるべきものではないかと思われる。更に同人作と称せらるる滑稽旅行記風な、伊勢物語に擬した『仁勢物語《にせものがたり》』は全文昔男ありけりを「をかし男」ありけりの狂詠を中心とした歌物語、これをそのまま模擬した寛文二年の大坂新町を写した『おかし男』(二巻については別に後章に説く所あらん)があった。

とにかく『竹斎』草子の趣向は時人の歓迎を享けたらしく、延宝には『出来斎京土産《できさいきようみやげ》』、やや後れて貞享末には『新竹斎』の如き浮世草子系に入るべき類書も続出するに至った。更にこの影響をうけて名所記文学の随一と呼ばるる浅井了意作万治頃刊『東海道名所記』を出し、遥に下って十返舎一九の『膝栗毛』の如きも、前記二書（『竹斎』、『名所記』）に負う所多かったに相違ない。

その他名所記風な地理案内、もしくは風俗を主として描いたかと思われる、元和三年の奥書ある『徳永種久紀行《とくながひさたねきこう》』全文七五調に成る、筑後柳川より京に上り、更に江戸に下る感傷的口吻《こうふん》に充ちた小冊子が、おそらく斯種名所記の濫觴《らんしょう》とすべきものではないかと思われる。それより約二十年を経て、同人著と称されている寛永二十年刊『色音論《しきおんろん》』（一名『あづまめぐり』）もやはり全文七五調にて、当時の江戸名所風俗を描くに図画を入れたるは一入珍とすべきで、殊に禰宜町《ねぎまち》時代の歌舞伎踊また吉原遊女の様など描けるあたり、史的価値に乏しくない。かくて三都名所記を始め、各種の名所記中にもこれらの悪所を採り入れざるはほとんど稀であった。それより明暦四年の『京童《きょうわらべ》』がまず出で、次いで『京雀《きょうすずめ》』『難波雀《なにわすずめ》』のいわゆる三雀と、『江戸名所記』『江戸名所咄』『難波鑑』などの続出を見るに至った。さきに掲出した『東海道名所記』の如きも、当然これらと同系に入るべきものたることは既に述べた通りである。

以上の仮名草子および名所記などは、いずれも次期の浮世草子に縁深き胎生期の文学として見遁《みのが》し得ないものであるが、更により深き関係に立つものとして、野郎物と男色物、遊里案内書などの盛行と共に、歌舞音曲に関する好色誘致の直接動因を為した重《おも》なる作品について、章を新たにして紹介するが、ここに特筆すべきは川柳の出現である。

川柳は従来の文学史に正当な位置を与えられていなかったが、川柳こそは江戸期の市井文芸として、独自の立場に生まれ、且つ発達したものである。

川柳の起源は前句附と呼ばれ、俳諧から分岐した一種の文学的遊戯である。それを独立した川柳としての形体となし発展したものは、宝暦以降明和安永から天保期にかけてで、この間すこぶる隆盛を極め、指導的に点者としては初代柄井八右衛門《からいはちえもん》が著名であった。柄井は号を川柳と号した。享和三年に生まれ、浅草新堀端の名主であったが、寛政二年七十三歳で没した。

この川柳には共鳴者としての版元星運堂があって、句集『柳多留《やなぎだる》』はつぎつぎと刊行、没後も続いて百六十七篇まで上梓を見たが、この原典ともなったものは機関誌「川柳評万句合」であった。句の形態が川柳と称せられるに至ったのは、如何に柄井の功績があったかを物語っている。

この「万句合」の中のバレ句、すなわちエロ味の句を集成したものが『俳諷末摘花《はいふうすえつむはな》』で、当初の初篇から四篇までは前後二十余年に亘り、その拾遺はまた四冊に収められて、後大正期に沢田例外に依って紹介されたのである。

今それらの年代を順次拾って見ると、初篇は版元星運堂の序文で、「安永五年申孟秋」とあり、その版元は『柳多留』でも知られた花屋久次郎《はなやきゅうじろう》である。花屋は下谷竹町《したやたけちょう》二丁目に住し、多くの俳書柳書を刊行したが、文化十四年に没した。

第二篇は「あさくさ似実軒《にじっけん》ヨイ茶《ちゃ》」という序文のみで、年代は全く判らぬが、一説には天明三年の開版とも伝えられている。

第三篇は巻尾の百員の終わりに「中能いどし真実」とあり、似実と反対の名は別人とも考えられ、寛政三年の刊行とする者もある。

次の第四篇は序に「きやうにやわらぐ初春」とあるので、従来の研究家の間では享和元年説が唱えられている。

さて以上四篇を通観するに、刊年を前記の年代と仮定すれば、初篇と二編の間は七年を隔て、二篇から三篇の間は八年目となり、次の四篇とは十年目という間隔があって、前後二十五年の永きを費していることになる。

右の内、初篇と二篇には初版本と流布本とがあり、殊に流布本は後摺版《のちずりはん》で板木に不足があったか、今日に遺る大半は五丁、八丁、十五丁、十六丁、二十丁、二十一丁の六板が脱落して居り、序文の末の「書林星運堂述」も削られている。

次に二篇の方は六丁七丁、二十八丁、三十丁の四枚が欠けているが、三、四篇には出入りが全く無い。

以上の内、重出《じゅうしゅつ》の句も合計では十三句あるので、差し引き通計二千三百十八句となる。

さて第五、六篇は天保から約八十年を隔てた大正十二年春に、第七、八篇は同十五年に沢田例外の手で、前記四冊の補遺を大成したものであり、これも多少の重出を差し引くと、二千三百九十三句、合わせて総計四千七百十一句となる。

例外は別名を五猫庵《ごびょうあん》とも称し、別掲沢田名垂の玄孫で、本名は薫、明治十六年会津に生まれ、苦学して日本大学を出で、弁護士として鬼才をうたわれたが、多年の遊蕩に健康を害し、昭和二年十月に四十五歳で病死した。生前の病閑中はほとんど古川柳の研究に没頭し、『末摘花』の解剖も先駆者であった。『末摘花難句注解』の著もある所以である。

とにかく川柳は平民的な江戸市民の嗜好に投じ、恋愛、世話事、売色、下女などの通俗事相を句にした新しい独自の境地を開拓し、黄表紙、洒落本よりは短詩形として滑稽と諷刺を以て、当時の世相人情を活写したが、今日に至っては風俗史料として、貴重な文献の一分野ともなっているばかりでなく、江戸文学の生んだ世界唯一の好色文学である。

従来ともすれば『末摘花』を猥褻なものとして、簡単に片付けてしまう傾向はあったが、滑稽味や諷刺感は与えられても、徴発的にされる句はほとんど無いのが特色である。以下各篇の中から少しく拾って見よう。

第一編（初　頁）

蛤は初手赤貝は夜中かなり

若旦那夜はおがんで画しかり

ぜんたいが過ると咄す薬とり
引すりのくせに早いは尻斗り
下女の尻つねればぬかの手でおどし
せんやくをいたたけば下女ついと逃げ
今ふうはすてつへんから寄りかかり
ねたふりて夫にさわる公事だくみ
かつかれた夜はふつかけを二つくい

第二編

初会にはうつわをかすとおもふ也
越中を女房がすると事がかけ
木挽小屋じやならぬとぎうことわられ
かなしさはむかしは帯へはさんたり

秋かわきぬくより早く出合イしい
ひる見れば夜ばいりちぎな男なり
ぬす人の人も出来よふとしうといひ
帆はしらのそはて新さう船をこぎ
中納言もそつと居るとこしがぬけ

第三編

泣き妾かかへて計事にあい
後生だと口説かれお竹こまる也
廊下ひそひそ間男が二三人
先キの目も一つで持参ちつと也
生きたのを箱入にして事が出来
おし寄せて来てもさがみの女むしや

ちつ臼のあいさうにていしゆもみつちり
ひな形の通り具足を干した晩ン
蛤もひらめもいらぬ出来心

第四編

仲条はならぬと宿が申します
みぢつかな腰帯だと野郎言イ
旦那さますぎねばいいと猪の早太
御こんいの私何しにとちんじ
恋の文臍といもじの間に置き
ほれ薬伝にいはくは何事ぞ
とびしらみおいらじやないと女房いい
聖代になんぞや女房戸立テ也

下女の恋ひとをりふたり三めの子

第二章　稚児物と野郎物

第一節　稚児若衆に関する仮名草子

前記の仮名草子中にも、男色に関する笑話本や恋愛物がポツポツ見ゆる如く、いわゆる野郎傾城と並び称されるに至った。特に寛永の初年女歌舞伎の禁制となるや、これに代わって台頭したのが若衆歌舞伎であったが、これまた社会に害毒を流すものとして、変じて野郎歌舞伎となった。しかしこの風尚は一時上下を挙げて女色（遊女）を凌ぐ勢いをもって、元禄期を中心にこの種文献に関する類本の刊行が雄弁にこれを物語って居るようである。

江戸初期に於ける稚児、若衆、念者などに関する男色関係のものでは、断片的ではあるが、前掲の笑話本を初め、寛永の『竹斎』『可笑記』やや後れて慶安―寛文頃の『よだれかけ』などに散見し得らるるが、男色のみを扱ったものに、寛永十七年の出来事を綴った『藻屑物語《もくずものがたり》』は、江戸時代に於ける男色物の濫觴と呼ばれているが、しかし、これは単に事実を写したというだけで、本文学史の目的には副《そ》わない縁遠きものであるが、貞享に至り、文豪井原西鶴が『男色大鑑』巻之三に、この一説話から「薬はきかぬ房枕」の一章を美化せしめたることは注意すべきである。更に元禄十二年にこの『藻屑物語』に多少修正を加えて『男色義理物語』として菱川風の画を入れて好色本全盛期に発兌《はつだ》されたるなど、その影響する所はかなり多かったと言わなければならぬ。これよりさき、稚児秘伝物の一種に、『醜道秘伝《しゅどうひでん》』なるもの一巻写本にて伝えられている。いわゆる稚児を手なずける伝授物の一種で、著作年代を慶長三年と奥書はしてあるが、果たして然るや否や判明しない。作者は薩州鹿児島の産まれ、満尾貞友とあるだけに、一層疑念を挟まざるを得ないものである。短文であるから参考として全文を紹介しよう。

抑醜道とは、其古弘法大師文周に契りを込められしより始まりしぞかし。

醜道といふは、双方より思ひを懸けて親しみ、深く兄弟の約をなせしこと、他の書にも見えたり。其昔弘法大師の初め給ふとなれば、古今ともに異朝は勿論、我朝にても流行せし事ぞかし。弘法大師一首の歌に曰く。

恋といふその源をたづぬればばりとぞ穴の二つなるべし

醜道の根本を深く尋ぬるに、三六楽極まりたり、たまたま人と生れ来て、道の極意を知らざれば、まことに口惜しきことかな、我数年この道に心懸るといへども、其極意を明らめず、爰に薩陽の住人満尾貞友といふ人あり、大乗院の大師堂に一七日参籠して祈り、誓て曰く、夫れ弘法大師日本醜道の極意を教へ給へと、一日に三度水にかかり、不浄をきよめ祈りしに、七日に当る夜、弘法大師若僧の形にあらはれ給ひ、汝よくも心かけるものかな、たまたま人間と生れて道の極意を知らざれば、誠に口惜しきことかな、此世に人間の生を受し甲斐もなし。山野に棲む猿さへも恋の心は知るぞかし。汝ここに参籠せしこと、感ずるに余りあり、故に一巻の書を授く。已後他見する事勿れといふて、灯火消す如く失せ給ふ。此書知音の外他見する間敷者也。

△稚子様御手取様の事

一、稚子の人指より小指四つ取るは、数ならぬとも、君のことのみ明暮れ案じをるといふ心なり。

一、其時稚子二方の大指一つ残して皆とるは、数ならぬ私へ御熱心辱く存じ奉り、御心の程承らんといふ心なり。

一、稚子の人指をとるは、今晩中指を取るは明晩、弁指を取るは重ねて叶へ可申といふ心なり。

一、その時稚子扇の上に扇要を返し申すは、御話の程承らんといふ心なり。

一、稚子二方の人指を取らず、中指弁指二つ取るは、人目を忍び、御はなし幾たびとても可申といふ心、稚子の弁指、小指を取るは、御はなし申上度ことあれど、余人目多き故、明晩参るべきといふ心なり。

一、さしつかへある時は、二方の弁指を一つ取るなり。

一、稚子の人指小ゆび二つ取るは、明晩も参るべくといふ心なり。

△稚子様見様の事

一、稚子の物言ふたる跡に心とめて見るべし。ものいふこと静なる稚子は、情あるものなり。かやうの稚子には如何にも真振と見せて、少しの事に恥入る振をして、尋常に膝によりかかり、其儘気をとり、稚子の知らぬやう裳を剝き、受け御詞にてする也。

白雲にかかれる峰の岩清水終には下に落ちにけるかな

この歌の如く、白雲のかかれる程高き岩清水も、終には瀧となりて下に落つるなり。極意に取る如何なる情なき稚子様なりとも、此方より仕掛るれば承るもの也。

一、大体情なき稚子には、迂潤に此方より仕かけ、閑など操り、懐に気を入れ、次第に尻の辺に手をやり、其後に衣を剝きするなり。

直なる杉の梢を詠むれば風吹く度に靡きこひする

この歌の如く直なる杉も、風強く吹けば靡くといふ心なり。

一、心安き稚子には、此方より心安くいひ柔ぐに心静にしてやるなり。

しづかなる磯辺の月を詠むれば我心さへしづかなりけり

一、武辺立する稚子ならば、此方より稚子の武辺を誉め、ややもすれば武辺咄をなし、自然と掛合ふべし。

一、降ると見は積らぬ先に打払へ風ある松に雪折はなし

この歌の如く雪松につもれど、少し積りたる時うち払へば積らぬなり。あらき稚子には此方よりもあらあらすること第一なり。

一、小鳥好きの稚子ならば、我すかずとも気に逢ふことと小鳥話をなすべく、学文すきの稚子には学文はなしをなしてやるなり。

一、稚子の顔□□見かたきものは、其時自然に鼻の毛を抜きすかして見るなり。

△尻突様の事

一、揚雲雀といふ突きやうあり、これは雲雀の加減をいふて、空に揚る如く自然と突く仕様にして、痛まぬものなり。

一、尻を突くにはつばきなき時は梅を思ひ出し、切り梅は常に用意すべし。

一、きやたつ返しといふ突き様あり、これは稚子の二つの足を我肩上に引揚、前より突くなり。
一、逆落しといふ突様あり、これは亀の尾よりそろそろと落し入ること第一なり。
一、夏ほりといふ突様あり、これは□りの川に尻をつけて、ひらひらとする体なり。
小児の尻にても痛まぬ突様なり。
一、カラ込みといふ突様あり、これは唾をすこししめし、自然と突くなり、大に痛まする也。
一、新ハン仕出破穴といふ突様あり、是は大なる閇をもち、唾を少しもしめさず、ふすつと突き込むなり。大に痛む也。

日本醜道之開山弘法大師より伝授致候間、他見有之間敷者也。仍テ如件。

薩陽鹿府隠士　満　尾　貞　友

一、稚子か細きかよろしく候。口広きはことの外大尻にて御座候
一、色は少し赤色がよろしく、血なき尻は糞出で申候。
一、顔のなり振にて尻は目前にて児顔を一目見候。伝は則其所知の如くに候。

慶長三年三月吉日　満尾貞友之弟

吉寺兼倆

以上の如きものであるが、所々写し誤りがあり、意味の通じがたき個所も尠なからずある。内容至って平凡無味乾燥と言わざるを得ない。兎角何々秘伝と称する類いほど、いわゆる鬼面人を驚かすものはない。本書の如きもその一例と言って可なりであろう。本書と年代はかなり隔つもので、伝授物ではないが、やはり稚子教訓書の一種に、承応二年刊『いぬつれづれ』と称する純男色系のものがある。原本は獲難き珍書で、稿者未見の一書である。蓋《けだ》し類書中の白眉として推奨するに足る。書名内容ともに、例の『徒然草』に倣って、稚児若衆の心得とすべき教訓道を説いたもので、作者は無論僧侶の手に成ったものであろうと思われる。左に本文の一、二と若衆短歌なるものを引用しよう。

一、文の返事の手つたなくても、委しくかきたるを読みわきがたけれど、心の行ばかりくり返しくり返し見るは、能き手にて書きたる文の、きはやかに読めたるよりも、情深くうれしさいとまされり。

一、情といふ事、万の道に品々あれども、殊に若道の心ざしは深き物なり。ただひと夜の情、あるひは片時の間にてもうれしと思ふ事は、命の終るまでも忘れ難き物なり。かぼとに深き道のことはりを、かくともしるし置きたる物なし。歌などにもなしと見えたり。奈良の帝の御頃などは、若道のさたもあらじ。その後醍醐の帝より以来の世々の御選集にも、恋の歌はあれども、そのうちに若きに心をつくば山の繁き言の葉見えず。されどもいつの御時ぞや、定家の卿承りて選ばれし新古今とかやいふ中に、なにとやらんいふ法師が、清げなるわらはべのありけるにと、よみいれたりしばかりを見つけはんべりしなり。歌道は公家の業なるべし。上﨟は此道をもてあそばざるにや、ただし昔の人は、此道をないがしろにせしや、されども又此国へは高野の空海伝へ来たる、なりひらのわらはべ曼荼羅といひしとき、弟子として寵愛したまふとも語りつたふ。その間程久しくありて、又熊谷が一の谷にて敦盛と組て、一目見しまま出家を遂げ、武蔵が九郎に使へて、遂に命を衣川に捨て、経まさ都を出られし時、仁和寺の禿の下法しが名残を惜み悲びて、歌読みなどしけるとなれば、昔もさのみないがしろにするにはあらじ。ただよく思ふに、昔のやつめどもは、よき事を知らずして此事を言はざるにや、愚かにては文などもやられぬ物なり。とやかくや思ひ暮せども、余りにたへ難さに文かきやるなれば、仮令暇得難くとも、返事をばくろみ過てかくべし。その使ひもて来る迄は、身そぞろき、万心にそまぬものなり。

一、常の衣裳の空焼きより、夜の襖の香ひ深くうちしめりたる、うるはしき物なり。人を待ちかけて、俄に香ひしたるは、とめざるにはおとりなるべし。ただ常のままにてありなん。又ある人のいへるは、頭にも衣裳にも香ひする事益なき事なり。ただなにの香ひなき如く、身を常にきれいに持ちたるよしと申侍りし。誠に此事美人草とやらんいふ草子にも、斯く記し置きたる由、又ある人語りはんべりし。

若衆短歌

見るからに　誰も心を　なやますは　かたちは余り　すぐれねど　身持やさしく
はなやかに　心け高く　おほやうに　手足のはづれ　美くしく　常に空焼き

たきしめて　身をも髪をも　にほやかに　ふりも心も　人なれて　心にあふも
あはぬをも　あいあいとして　おとなしく　用を哀れみ　花ながめ　ただ何事も
いろふかく　思ひ入たる　人をこそ　知るも知らぬも　あぢきなく　思ひ惑へぬ
ここちする　なりも心も　すさまじく　しほれん人は　いやでそろ　あまりしだるく
ぬれぬれと　しみたるふりも　きにあはぬ　あまりやさしさ　ふりをして　心のおほき
人もうし　ただ自ら　なにとなく　物の哀れを　しる人は　一夜なりとも
いひよりて　枕ならぶる　うたたねの　後のあしたは　たまづさに　思ひもかけぬ
こころばへ　夢か現かと　ばかりにて　覚束なきに　あさあさと　かきとどめたる
水茎の　おかれぬままに　とれはてて　悔ゆるばかりに　あらんこそ　残りおほくも
あるべけれ　一夜や二夜の　ほどまでも　あまりに人の　うちとけて　なれなれしきも
などやらん　心あさくも　もしはまた　三夜ともならば　また人の　心ふかくも
あまりに若き　人などの　物をもかかず　歌よまず　学問なども　せぬ人は
ことの外にぞ　思はるる　又は酒宴の　折ふしは　一さし舞ひて　なにとなく

たちたる振ぞ　目にはつく　ことさら歌は　鬼神も　哀れと思ふ　みちなれば
又武士の　心をも　なぐさめぬるを　つらゆきも　かきとどめたる　事なれば
などか心を　かけざらん　かたの如くも　しらざるは　あまりに情　なかるべし
十四五六に　なる人は　春の花とも　身を思へ　秋の月にも　なぞらへて
心にかけぬ　人をさへ　ねたくも恨み　はつべけれ　盛り過れば　朝がほの
花に匂ふも　日にそへて　衰へゆけば　何事も　思ふに甲斐は　よもあらじ
此ことはりを　思へただ　あなあさましや　人の身の　二たび若き　事はなし
世に美しき　人なれど　余り心も　どことなく　すまふたちぎき　つぶてうち
小袖肩ぬぎ　かたびらに　かたぎぬや　小ばかまの　彼方此方は　ほころびて
かみかたかたに　おしゆがみ　大むねあけて　手足には　土うちつけて　爪きらず
身をも清めず　かねつけず　楊子つかはず　むざむざと　物知り顔の　りこうして
そらうた歌ひ　うそぶきて　賤しき子供と　ともなひて　それに習へば　いふ事も
何かやさしき　事あらん　かくて過なば　いつをさて　浮世の中の　思ひ出に

忍びかくさん　あさましや　今にとしより　腰かがみ　皺うちよつて　眉白く
耳も聞えず　めも見えず　鼻うちたらし　なることを　我れ人いかで　のがるべし
身も清らかに　美しく　人のこひしと　思ふとき　世の思ひ出に　なさけあるべし

（たん歌おはり）

本書の「短歌」なるものは、言うまでもなく宗祇作と称する『児教訓《ちごきょうくん》』（一名『若衆物語』）の形式五七、七五調を模倣したものであるが、本書『犬つれづれ』の本文に「短歌といひて若衆の事を書ける小しき草子あり、その始めに『みるからに誰も心を悩ますは、かたちはあまりすぐれねど、身もちやさしくはなやかに、心け高く大やうに、手足のはづれ美しく』など書けり。面白き小ざうしなり。若衆は常に之を見る。又犬短歌といふものあり、その初めの『まづ第一にかのみちのそのたしなみは嫌にて、人にはすねていぶりにて』とかけり」とあるは、前記の『若衆短歌』を指して言ったものらしく、また『犬短歌』と称するもの別にあるらしいが、「まづ第一にかのみちのそのたしなみ」云々は、宗祇の『児教訓』の冒頭と同文であるが、あるいは後人の仕業で、児教訓にかかる名を附して印行したものかも知れない。

前掲の『犬つれづれ』の系統を追ったものに、明暦三年極月吉日印行の『催情記《さいせいき》』がある。これも作者の名も見えないものであるが、これまた僧侶の手に成ったものに相違あるまい。稚児若衆の心得、念者と若衆の情事、もしくはその仕かけ方、若衆たるべき者の日常の心得などに至るまで、微細に亘って湿《うるお》いのある文体で本書名の示す如く、催情の方法を記したものである。内容は次の目次によってほぼ推し得られよう。

一、人のほるる次第　付たり目元見付の事
一、初めて状を請返事の次第　付たり同心の返事無同心返事
一、間《あい》のつかひの事
一、咄数の事　付たり重ねて御話有べきと思召方へ状の事
一、御寝様の次第　付たり夜いたむる次第の事
一、帰る朝御いとま乞ひの事

一、一度はなし其後いやと思ふ次第
一、知音する次第　付たり間あしくなる事
一、物をくるる事
一、念者をつる事
一、こころもちかへようの事
一、かたしけなき御文体の事
一、風呂入の事
一、食物の事
一、さかつきの事
一、病中雨中見舞状の事
一、つかひ音信の事
一、芸の事
一、若衆御病中の事

一、よろつ御たしなみの事

一、第一心中の事

一、あさ起きての事

一、口中の事

一、いしやうの事

一、かたぎぬはかまの事

一、うは帯の事

一、した帯の事

一、あふぎの事

一、鼻紙の事

一、手拭の事

一、匂ひぶくろの事

一、楊子の事

一、巾着の事
一、ねさまたしなみの事
一、つめきりやうの事
一、ふりたしなみの事
一、にほひの事
一、目もとの事
一、よみかきの事
一、毛の事　付たりはなげの事
一、耳の事
一、かみゆひやうの事

以上で目録は畢《おわ》っている。参考として序文と本文の一章を挙げて見る。蓋し従来世に公にされなかった秘本の一種である。

序文

時日をうつさむもめさまし、春の花の咲きあへぬ、いつしか鏡の波に驚く、誠や昨日は今日の昔、今日あるとてもあすのことを誰人か知らんや。ただ人は風の前の灯火、朝顔の露に同じ。終には老の白頭となる。なかんづく御さかり三四年には過ぎじ。稲妻のかげとまらぬは光陰、永き浮世に生れ来て、人の心をよするうちに御いたはりも候へ、年長けたれば昔恋しくなるものなり。行く水にことならず、もゝさへづりの春は来れども、昔にかへる秋はなし、さてこそ

行く水とするくよはひと散る花は
　いつれまでてふことをきくらん

しかありながら、いにしへを忘れかね、遅桜はつ花よりなどといふものもあり、御同心あるとても肌はとうりのなしの如し、よろづ昔にかはる事ばかりにて候。人は一代名は末代にてあるそとよ。執心深きものあらば、あしたに白骨とならふと、夕べには御はなしあるべく候。思へば一寸さきは暗、このみちは天地開闢のみなもと、いざなぎいざなみの代より、今に捨たれるや、卑しきを嫌はぬものと釈迦ものべてをかれた。

卑しきに情へだつるものならば
　しづかふせやに月はやどらじ

これにつけても若衆たらん人は、行住座臥に仏の衆生を救はんと諸法にのべ給ふ如く、心をくだき、人の顔もち御見つけ肝要、あけくれ恋しゆかしとそらふく風松竹を動かすも、これ君かと思ふ折ふし、向顔にあたはねば身をいたづらに夏虫の鳴くばかりなり。人こそ知らねくるしひの身を御たすけあらば、七堂伽藍供養に勝れり。まことに諸仏も最と思召されん、いよいよ万事につき胸中御覧じつけられ候事肝要のまなこなり、かへしてもかへしても、君を思ひ、風のそよとするも心にとまり、ねやもる月を君と思ひ、涙の床に起きふし、みちはしもなく思ひかねて、ひとりこがるる身などをあはれともおもはぬ御人は、たまたまこの界へ生れ来て、ことに容美しく生れていらぬものなり。鳥類畜類には劣れり。そうじて人間は悲願の二字にて極めたものなり。夏の虫の飛んで火に入をばいかが思し召候や。執心かけ申身はおしき命も君に奉り、五体をわつらはし、四十四の節々不自身にしみわたる程になければ、誰とてもあからさまも申あげぬものぢや。このたびは必ず書状を進上申べきと思へとも、向顔にあたへば一言なく、そのふみをひきさき火にくべ、幾千万となく心をなやますこそあさましけれ。それを御かはひがりなきは海棠の花香なきに似たり。第一むごき御心中あらば、さたの限り、中々いふはをろかなるべし。

御寝様の次第　付夜いたむる事

執心の御方へ行くか、さなくば私宅へ呼ぶか、参会あつてねる迄は、いろいろ咄しなどなされ機嫌よく遊ばし候事専一に候。いかう惚れたものは物も言はず、しぎの看経したるやうにしてゐるものなり。先づ御身を寝所へあげ、いかにもいかにもなにかとなふ帯を解き、よるの物を着るか、また惚れたものに着せよと御申候かよきやうになされ、いかにもいかにもゆたかに御いねあるべく候。念者をいたむるやうならば、一時も物を言はず、何となく空寝入などなされ、そろりそろりと足などを念者にあたる様に御かへりなされ候へば、念者必ずせくものなり。なんぼうおもしろきものなり。されどもそれはあまりあまりかはひ事にて候まま、始めより念者に寝よと御申なるもよく候。その時帯しながら、おぢおぢ御そばへ這ひより、又しぎのかんもじをかたる如くにてゐ申候。その時よるの物のうちへ這入り、ねよと御申なされ、帯など解けと御申候時、必ず身に余り忝なきに、それは如何なる事、慮外じやなどと言はば、許すと御申なさるべく候。その言葉にてはいるものなり。その時も赤面してとかうの事をえ言はぬなり。その時必ず念者の帯を御とき候て御通り候ものなり。その上にても又何卒辞退せば、さてはこの中にかこ御申候事皆詐り御なぶり候かと御申あれば、その御意にてかしこまるといふものなり。さて肌ひきよせ、いかにもいかにもあぢよくだきつきしめて御やりなさるべく候。さて又あひもなく口を御吸はせなさるべく候。いかにも久しく念者よりひきのこうとするならば、又舌を入れ、舌の出入のかんあぢ口伝あるべし。さやうにあれば、早念者心をうちくつろげるものなり。兎角念者の心をくつろぐるやうにかたじけなかり候やうに口伝あるべし。その後御物語あるべく候。この中はさてもさても御心を御尽し申ても申ても忝なく存じ奉り候。過分至極早々話し申すべきを今迄待たせ申すこと迷惑致し候。さぞやさぞや御待ち兼ねなさるべく候などと仰せられ、忝なかるはなしゆめゆめこふにならぬはなしかたじけなきこと、百も千もかたり御きかせなさるべく候。夜も二時ばかり語り、其の後又御起き候て、小便などし、又はいろいろ御たしなみ、てうづうがひなどなされ、寝所へ御かへり、冬ならばいこふ寒い程に背中を暖めよなど御申候て、それを序でになされ、御話し候へ。

ただしまた家によりぬしによりいろいろの御ふりちかへここにてあるべきもの也。右の御言葉にても未だ斟酌せば、或は夜も更けなんどきにてかあらうぞなど御申出し、さらば放いてやらふと御申候時、必ず必ず幾たびも思ひ寄らぬなどと辞儀するものなり。奥の奥はしたいが情ぢやけれども、なにやうしんしやくとて成ほどどば辞儀するものなり。昔よりはなしものと申つたへるまま、そこにて是非御はなしやり候がほんの事なり。かやうに我れ等も打ちとけ、此事なければ心がをかるる、八幡八幡神ぞ神ぞ恨みにはその上我れ等気味悪しくなどといかにも御腹の立つやうに御申候へば、その上ならばとて念者も話し申候。下地はすきなり御意はおもしといふ事、このあぢなり。さてそこにて無量にあてがふたるがよく御座候。かりそめにも念者の物にあたる事勿れ。はなしてくだりはきやう次第すなほにさせて曲なし。よがりさせせかせさすこそ面白きものなれ。さて気のゆく時分にさしつけ、ねまでをしかけ入るるやうにすべし。その時又首をまはし、口を吸はすべきやうにつばを口へ入るものなり。なほ忝なき物じや、さて気のゆき候て、そのままと尻をしめてよく候。さてその後念者も、かのものをづんど一度にぬかぬものなり。五分一寸にてもぬきかけをけば、尻よりぬくものなり。念者下帯にて必ず拭ひ申すものなり、始めてはなすものにはのごはすること勿れ。わが下帯にてのごひ申がよし。さて其の後ねなをり、暑き時分ならばあひを置き、風などを入れ、互に上気をさまし、又若衆の方より引きよせだいてねるものなり。さて夜も更け、如在なけれ共、若衆の上気のまぎれにそこつをいひ、又言葉のあやまりなどあらば、しらぬ顔にて結構にあしらひ、心には腹立てたふり、上にはけつかうたるべし。ただしねに入御腹は立てらるまじく候。有頂天になればふとそこつを誰もいふものなり。ねむりなどせば思ふやうにいため、かんのうならば氷水を七桶御あびせなさるべく候。夏ならば思ふ程御ふみあるべく候。さて鳥の声も頻りに、鐘の音もすさまじく、しののめもほのぼのとあけゆけば、かたじけなきも忘れ、ただ鳥がねに恨みをなし、涙を流し、

あふときはかたりつくすと思へとも
わかれになれば残ることのは

などといひ、行末の言葉つかひ、口ぶりなどあらば、

鳥の音はうきものなからこのままに
またいとふべきありあけのそら

といふことのあるあひた、さのみに御なげきあるまじく候などと、いかにもいかにも忝ながるやうに御言葉の末迄気をつけ候へば、なんぼううつつないものなり。

本書とは内容はもちろん時代も大分隔って出たものに『小犬つれづれ』と題する、猥雑な洒落本系統に属するものがある。これは単に犬つれづれの書名を襲うたというだけで、男女の欲情を露骨に描いたものとして、書名を挙ぐるに止めて置く。

前記の二書とはやや趣向を異にした男女二色の優劣を論じた戯作に『田夫物語』という、刊年作者共に未詳のものがある。内容および体裁から観察して寛永以後、慶安前後がらみのものと見て大差なきように思われる。内容は作者自ら文月の初め、友人二、三とそぞろあるきの道すがら、近頃若衆狂いが世上に流行して、女色を田夫《やぶ》と嘲り、自分を華奢と誇り、傍若無人の振舞をなすものあるは、誠に片腹痛い事であると話して行くと、後から追いかけて喧嘩を吹っかけ、互いに口論果てしなく、あわや斬り合いにもなろうとするので、主人は双方を宥《なだ》め、それほど互いに申し分があるなら、若道女道《じゃくどうにょどう》の利害得失を論議したがよかろうとなって、互いに口角泡を飛ばす。主人は行司役となったが、結局男色は道に外れ、女色は天理に叶うという結論で、華奢は田夫に言い込められて、その場を切り上げたという顛末を記したので、勝ち名乗りを附して、『田夫物語』と名づけたとある。これまた当時男色流行の風尚を知るべき一資料である。更に本書と前後して『よだれかけ』六巻、寛文五年の刊本であるが、その著作年代は、巻数によって異なっている。一、二巻は慶安元年、三、四巻はその翌年、五、六巻は承応二年の序がついて居る。であるから、刊年は著作当時より約十七、八年も後れて、世に現われたものと見なければならぬ。著者は棋條軒とあるが、多分僧侶の手に成ったものと想われる。

本書は、男色に関するやや傍系に属するもので、一、二巻は手工房の由来、傀儡子、浄瑠璃および茶道に関するもの、三、四巻は酒の由来や酒に関する、上戸と下戸との議論、五、六巻が男色に関するもの、この両巻に限り一名『男色二倫書』と傍書して居る。内容は本朝天神七代より衆道の始まること、異朝（天竺支那）若衆名寄、あしき者の誡め、若衆歌舞伎禁制の事など、およそ十五項に亘って細叙して居る。何はともあれ、男色に関する文献書としては異色ある貴重書の一種である。殊におかしいと思うのは、一面には男色を大いに誡めていながら、他面にはこれを宣伝し、且つ礼讃している風にも思われるのである。参考として念友《ねんゆう》の為めに一命を捨てた、あえかなる一条の恋物語がある。

いつの頃にてや侍らん、みちの国になにがしの重光とて、やさしき若衆侍り、わらはより品高き身ざまにて、しかも心ざしなん磨きたる玉の光を欺くが如くなりしかば、ひかりかさぬる心ありとて、重光とはいひける。仮染にかひ間みし者も、比重光にはたましひをとられ、さながらむなしきからを見るが如くにぞなりぬ。あるひは空ふく風のたよりに聞きつたふる程の者も、心を悩まし恋ひ慕はざるはなし。まして親炙するの輩はなを然なり。かくて月日をも重ぬる年波の、なみなみならぬ姿心ざずま、まことに言はん方なくぞ侍る。然るに父の忠輝卿に久しく馴つかふまつりし下臣に、なにがしの景正といひしもの、此重光の十四になり給ひし比、いつとなく恋風のふき乱れ、胸のけぶりは空にただよひ、あふさきるさの物思ひをも、いはでしのぶの浦めしく、腹ふくるれば、朝けゆふけもたえて、涙は袖にあまりつつ、つひに病の床に臥し沈み、果てなんとばかりのよすがにこそはなりにけれ。重光もいかばかりあはれに思ひ、すずろにとひよる病の

色品をも、包むに今は悲しと思ひ、難波江にしもわきまへず、しかじかとなん語りければ、重光の言の葉に、

しのぶると色にもさらにいでざれば
　物をや思ふと問ふ事もなし

と詠じつつ、我身のあしのかりねこそ、いとやすかたといふつげの、とりどりにちぎり給はるにほひの玉の、いとしきかずきかずは、命をのぶる玉しひともなる。君の情の景正にこそなり侍れとて、悦びのなみだに眼もあかざれば、日たくる迄しただるき添ひ臥の姿も、ならはにそれと人いひ渡りければ、父の忠重卿、こと更に腹だちののしり、景正をむくつけき刃の下になんうしなひ給ふてける。かかりし後は、重光ひたすらに世をあぢきなく思ひ佗しかども、孝養のかけなん事もはかなければ、

よしあしの景正もなき難波がた
　忠みつけられとがの浦なみ

なとひとりごちて、真実のいにしへをなんうらやみ暮させ給ふが、きのふの如くなれど、手を折

りてその年月をかぞふれば、程なく三とせにもなりぬ。今は早時到りぬとて、十七の年飾りを落し、修行者となり、かの岸に至らん為めの法の舟を求めんとて、跡なくなり侍りければ、父忠重の卿は胸つぶれて、たちて見、いて見、さがせど、重光に似しものもあらねば、忠重、

子を思ふ心の闇にすつる身も
照させたまへのちの世ねぶろ

とよみて、二親も同じ世すて人となり、菩提をたうとみ道心者ともなり侍る。是も若衆の存念あさからざる故とぞきこへし。

本書と著作年代は遅れて出たものらしいが、刊行は四、五年前の寛文元年仲秋吉辰とある美濃大本二冊表紙外題に『新板《しんぱん》ゐ入衆道物語《いりしゅどうものがたり》』上下、下巻本文の首《はじ》めに限り『若衆物語』となっている。やはり前記『男色二倫書』と同系統に属する若道の由来、念友の恋物語を取扱ったものので、中には前記『二倫書』の引用例文と同様の重光景正および父の忠重卿の三角関係もさながらに描かれている。作者は無論僧侶の手に成ったらしく、あるいは二書同人の作かも知れな

い。

どれが種子本か比較対校するの自由を得ないのと、この『衆道物語』は非常なる稀覯書《きこうしょ》である為め、筆者は偶然の機会に一寸瞥見《べっけん》したに過ぎないので、ここには単に書名とその概略を記するに止めて置く。挿画は師宣風であったと覚えている。出版元は京都四条坊門通東洞院甚左衛門板とある。巻末に一首の歌がある。

身はこころ心のやみをはなるれば
　慈悲も情も有明の月

第二節　若衆歌舞伎と野郎評判記

従来の文学史家や普通の文学史には、以下述べんとする歌舞伎野郎もしくは遊女細見記や評判記などに就いては一言も触れていないのが、あるいは当然かも知れないし、また文学的価値から言ってもそれほど重要性があるか否かは疑問でもあり、また両者は各専属すべき領域があって、一は演劇史に、他は花街史もしくは風俗史によって取扱わるべきもので、一般文学としてはやや穏当を欠く嫌いがないでもないが、しかし曩にもしばしば言った如く、本文学史の如き特殊な使命を有っている文学史としては、この両所の悪所を描いた好色誘致の文献を逸する訳には行かない。殊に当代に於ける仮名草子時代の狭斜を代表する遊戯文学として異彩を放つものであり、且つ次期浮世草子中好色文学への先駆を為すものとして、見逃すことの出来ない一群のそれらでもあるので、以下当時刊行された文献に就いてその代表作を挙げて見よう。

役者評判もしくは野郎評判記として最古と称せらるる明暦二年の『役者の噂』（役者の行状や紋所を記したものという）があると聞くのみで、従来世に紹介されたことのない未見書がある。その後京都に於ける野郎評判記で、昨今ようやく刊行年月の判明した『四条河原野郎虫』が、今日では現存中最も古いものとされて居る。本書は書名の示す如く、京都四条河原の歌舞伎美少四十一人の評判記で、芸評よりはむしろその容色を品隲《ひんしつ》して、美少玩弄誘引の媒介書たらしめんとした戯著であるが、その序文に拠ると、むしろ野郎の風俗を乱し、五山十刹《ござんじっさつ》の僧侶どもがこれら美少年の為めに行を破り、身を亡ぼすを慨《がい》しているらしい口吻も見えるが、実際は野郎姿色の宣伝に供したものに相違ない。当時女色を禁じられた僧侶輩が、唯一の歓楽対象の世界であったことを裏書する本書の序文と、本文の二、三をまず挙げて見よう。

春の日のえんにのどかなるに、友どちひとりふたり誘はれて、東山の花見にまかりけるに、いづくも春の錦を織りはへて、或は山のかひより見ゆる白雲かと疑はれ、或は弥生迄残れる雪かとのみあやまたれて、心の有人々は詩の歌のと志の行く任せて吟詠するに、此身は詩も吟ぜばや、歌も詠ぜばや、ただすごすごと立ち帰る。折しも悲田院のあたりを通る、げに此所は古へのかしこき御代に鰥寡孤独のものを養はれたる所ぞと聞けば、延喜式左京の職など思ひ出られて、そこらにやすらひ侍るに、ここもとの住人とおぼしき人、二三人よりゐて高声に物語をするを聞くに、此頃都に野郎虫といふもの多くて、五山十刹の寺々の竹木を喰ひ倒し、学文坊主の書物を喰ひ、とと様ぢい様の金袋迄を喰ひ破る事侍るといふ。ひとりの言ひけるは、やれ不思議や、虫にとりてもいろいろがござる、松虫鈴虫きりぎりすつくりさせ、はたを織は和歌に詠じて興を催す。蝗といふ虫は稲を喰ひ、蚊虻は肌をさし、蜂虻には毒尾あり、青蝿は黒白をみだる。かやうの類多けれども、野郎虫といふものをば始めて聞きて候。いかやう成虫にて候ぞと問ひければ、答へていひけるは、やらう虫といふものは、年の程十五六の人の大きさ計にて、手足口鼻耳目を具へ、頭には黒頭巾をかづきて、祇園円山霊山あたりへ飛びめぐりて、人の巾着をねらふ也といふ。それは四条河原のかぶき子の事にては候はぬかといへば、大手を打つて笑ひて、されはとよ、そのかぶき子といふもの、去年ことし、就中はびこりて、賤しき穢《マ》多乞《マ》食の子供の鼻けだかく生れつきたるをとりあげて、顔に白粉をたへさず、羅綾の衣を身に纏はせて、舞台に出して舞ひ歌はすれば、老若男女腰をぬかし、御作ちよいちよい死にまするると声々に呼ばはる口に言ふのみは、かの奴ばらのとろとろ眼に騙されて、芝居終ればひんがし山に伴ひ、あんだのり物に乗せられて、はいはいをろせをろせといさみすすむ。扨もかたじうけないお情かな、一夜の契りにあまたの金銀めしあげらるれば、身体日々に衰へ、寺々の剽軽僧共は、買ひたくはあり金はなし、代々寺に伝はる什物の懸物、茶の湯の道具を売り、それにて足らざれば、竹木を伐り倒し、其の価にて野郎を買ふ。又国々より学文のために上りつどへるあんだ坊主共は、親や兄弟の方より少しの合力を貰ひたるをば、一夜のお情にめし上られ、買ひ置し書物共を、北野や押小路の古かね店に取出せば、かしら書もあり、朱も、是はそんぢやう誰がしの持本じや、これはその人の頭書などと、諸人に恥をさらす。これ皆此野郎故なれば、珍らしき虫の入たるにあらずやといふ。一人の言ひけるは、いやとよ、その剽軽の買手共も同じく虫なり、蛣蟯といふ虫は、好みて糞を喰ふなり、此買手共も糞このみをするなれば、蛣蟯虫にあらずや。虫と虫との恋路の程、さこそと推し計られ侍るとて、大笑ひして語りたり。扨も心ある人々かなと、得去り難くて休らひ、猶も物語を聞くに、一人の言ひけるは、すべて少年を愛し、男色をめづることは異国本朝その例久し。尚書の伊訓にのする頑童の誡めより事起りて暗君これを弄ぶ。つらつら歴代の史を考へ見るに、衛の霊公に弥子瑕有、高祖に籍孺有、恵帝に閎孺有、文帝に鄧通有、哀帝董賢有、晋の代に至て甚だ是を弄ぶ。沈約が宋書の五行志に載する所を見るに、晋の成寧大康の時分より男寵起りて女色よりも甚し。是陰陽の乱れたる也としるせり。宋の代に至りて道学を尊ぶ故に此風少衰へたり。されば眉山は李少年を愛して風水洞に遊び、潁浜は定国にめでて剡渓の病床に思ふ。かるが故に先儒之を憂へて此論を著はし、胡文定之をとりて春秋伝に載せたり。元明に至りていよいよ男色を愛す。陶穀が清異録に載する所、肇制が五雑俎にあらはせる事、男色のいましめその害殊に多し。

朝明には近年妓女の禁制ある故に、少人に舞をまはせ、座敷の興にする、これを小倡となづけたり。今ここもそのやらう虫に少しも違はず、人の財宝を費する事夥し。閩広のあたりにては、少年を名づけて栽尾といふ、陳子高が伝にしるせる所、人の鑑ならずや。そもそも男女のかたらひは天地の理にもとづきて、陰陽和合の道にして、二柱の古へ、あまのみ柱をめぐり給ひ、あなにえやうましをとめにあひぬとの給ひしより、今の代に至るまで、なくて叶はぬ道なり。それも道にちがひて淫乱なれば国を失ひ、身を亡ぼすこと、古今そのためし多し。況や和合の魂もなき男色をや。いはんや歯ぼねの強くて金銀を喰ひ費すやらう虫をや。いでいでやらう虫の人の為めに害をなす事を語りて聞かせん。名をききてもその人柄は推しはからるるものをまづやらうといふ。仔細は金銀をやらうといへば、かうだいをこなたへ向けるといふ事にて、やらうとは名づけそめたり。此頃ある人の許にて、この虫と一座参会して、此者の風体を見るに、座敷の取廻し、盃のはりあひ、人の気を察して八島のいそのあら波の、うちのけ寄する目づかひ、ちかのうらはの藻塩草、こがるるふりのいきこみにて、それぞれにやき手を喰せつれば、かの剽軽の鈍太郎殿は嬉がり有難がりてお肴には何をかせんとて、一歩小判をとらすれば、さすが上つらは若衆めきて、さらぬ体にもてなせども、嬉しき心外にあらはれ、そばの見る目もいと堪へ難し。これ程お米の高くて抱へける世の中なるに、一夜の参会にも費す所の金銀いくばくぞや。そもそも此やらう虫のむさくきたなきといふ事をよく心得なば、か程迄はたわけを尽すまじ。例へば穢多乞食《ママ》、ちり紙拾ひ、せき駄直しの奴ばらをば、あらきたなやむさやとてつばけをして、戸より内に入れぬ此穢多乞食《ママ》も金さへあれば野郎虫と千歳の契りを交し、おいとのほとりもぬらすべし。又大方は此虫は穢多乞食せうもんし抔の子供なり。又毎夜毎夜の参会に、いくたの肌をかふるらん。其肌ふるる物瘡かき有べし。悪病もあるべし。かかるきたなくむさきものと、まさきのかづら長き契りをこめ、抱きあひしめあひ、それのみならず、をさな馴染の夫婦の中も悪しくなり、あさましき心ならずや。されども糞ほどむさきものはなけれ共、それも好む人々なればいふても益なき事也。此頃は歴々のお侍、たうときお長老様なども、大方は此虫にさされ給ふと見えたり。なかんづく学文坊共講釈にかこつけて、ぶらりしてあら気づまりの学問や、いざや気を晴さんとて、大編笠を深々と引こみて、さんじき芝居に並居つつ、半様の笑ひ顔今一たび拝みたい、さくや様のささ花はやれ色も深い香もあると、大声あげて呼ばはる故、諸人芝居のもの共も、舞台を見るより、猶其人の顔を守るをも知らず、めつたわめきにわみく、常の人のわめくよりは坊主のわめくは一きは目に立ち耳に入るもの也。たまたま学問の咄しをするも、論語にも忽焉在レ後とは、若衆を抱きて後に廻る事なりと袁了凡が註あり。少者懐レ之と孔子も仰せられたるなどと言ひて、聖言を侮り、詩を作るとても、かの虫どもの名を句のかみにすへて、えしれぬ事を言ひまはる。国許の父母はさても久しく学文して、勢も疲れん、気もあしからんと便をもとめて文をやる。

まなぶものの牛毛の如くなるものは、麟角の如しと、北史の儒林伝に書けるは、今の坊主に思ひ合されて、あさましき事ならずや。此剽軽坊主のみかは、町人の子供は親のたくはへ置きし金銀を盗み出して、ひたものにかかる程に、後は親に勘当せられ、丹波越に赴くか、さらずば心によりをこらぬなま道心を起して、流浪の身となりし者、まの当りにあまた侍る也。若き方々必ず此虫にささされ給ふな、如何ほどめなもみをつけても癒ゆる事侍らず。いでやよしなき長物語に日も夕陽になりたり、人の世のよしあしを言ひても益なき事成とて、面々に家に帰りけり。我も杖うちつきて柴の編戸に帰るに、さてもいかなる人の世を厭ひて、かかる所に居給ふぞや、抱関撃拆にのがるる人もあればにや、たうとき物語をもききつる哉と思ひて、肝に銘じて帰りけるに、三条のほとりにて、若者四五人行連れたり、ちかちかと立ちよりて、さらぬ体にて物語を聞けば、件の剽軽どのにぞありける。一人の若者の言ひけるは、いでや光源氏の物語になぞらへて、河原の子供を品定めせんとて、思ひ思ひに評論するそのことばにいはく、

村山座　　玉川千之丞

面体芸、いづくを難ずべきやうなし。女よりすき好まれ給ふこと、在五中将にも劣るまじ。されども、年の齢二十日ばかりの月を見るが如くなれば、野郎の齢も今少にて一入惜く思はる。花は盛りに、月は隈なきをのみ見るものかはと云ひし人もあれば、又たのもし。

玉容輝㆓四隣㆒　河畔往来人
千歳一時楽　丞民陥㆓溺身㆒

玉川の流れをたつる身なりとも
袖に浪こす人はとはばや

市郎兵衛内　吉田伊織

これからかうかう西の方の太夫様の風あり。舞台附しとやかにして、彼の有度浜に天降りし人の

舞の姿かと思はる。いつの頃にかやつこの茶の湯にあひてかうだい少しそこねてありしを、黒谷や押小路の焼物師がつくろふとの取沙汰也。此程はよきつるにつきて、さつまの山のやうなる仕合有といふ。

吉野桜花色　田夫終勿レ拝
伊看潔清容　織得錦城海

君ゆゑにたつるあだ名もいかがせん
　よしやよし田に身をのがるとも

以上によってほぼ本書の内容が推し得らるる通り、芸評はほんの申し訳に過ぎないもので、容貌姿勢男色の臧否《ぞうひ》品評を目的としたことは言うまでもなく、且つ本書以前に既に遊女評判記なるもの刊行されて、好評嘖々《さくさく》たりし所から、それらの様式を模倣したのが、本書『野郎虫』あたりが最初と思われる。これに次いで出たのが江戸に於ける役者評判記の濫觴とされている寛文二年版の『剥野老《むきところ》』一冊で、これまた前書『野郎虫』の様式をそっくり模倣したものであ

る。本書の原本旧蔵者であった石塚豊芥子《いしづかほうかいし》が識語《しきご》に、『剝野老』という外題は、

此頃（万治寛文）野老《ところ》を蒸して茶菓子に出す、皮をむくと至つて色白く奇麗なるゆえに、舞台子の器量のよきになぞらへて、かく名付しなるべし。又野老《ところ》を野老《やろう》と云故に、野郎野老の音により て剝野老《むきところ》とせしもの歟、総て此頃は役者の事を野郎と称せし也云々

とある。いずれにしても、野老野郎の普通より洒落のめした題目で、やはり美童表象の意を寓したものであろう。

本書は、江戸劇界の美少俳優二十五人を勘三郎座、古へ座《いにしえざ》、新伝内座の三座より選んで、品評すること前記『野郎虫』と同様芸風よりは専らその姿色に就いて艶詞を列ねたものである。巻首にまず若道について言って居る。

若の道は源とをふしてその根深し。思ふ事の誠をあらはす心の花といふめるはさる故ならんい

つしか世の中いろにつき人の心浮気になりたるより、なげの情のかずかずの、いさこ霜を夏にし、うわの空ふる雪花を欺く世とはなりぬ。爰にみやびやかなる少年を集めて、今様の慰み、目をよろこばしむるあり、前髪のむかしを慕ふ初元結、振袖のかほりゆかしき若紫、是にそまるとんきの魂は、楽屋の油虫となりて、思ひにもえさすらふ芝居のしばしばも忘るる暇なし。斯てぞ御手枕の仮寝の夢にきぬきぬの別れを惜み、鶏を狐にとらせんとひしめき　かねつくやつめがくだては有ぞと、恨みつけざしの露の情に、あの松山を波は越す共と契るぞむべなる。しかはあれども、伽羅のけぶりのやきでにあふて、胸のほむらとともにこがれ、君をとひ茶の意気地も知らで、思ひそめつけの茶碗のかたしふけないとて、楊弓のはりあひにうらなくあひなれ、後にはこわひものぞといふなる鬼ひと口の秋風も立ちて、枯野の草のねもなき事をりきみ、哀れ昔の夜語りを悔むべき其君の心の筋をわきまへぬなるべし。我輩かわゆくも柴の戸のあけくれ之を歎き、ある時かの席につらなりて、其有様を伏拝み侍るに、花の袂を翻す舞の扇は空に知られぬ雪かと怪みて、消え消えとなり、笛竹の世に妙なる歌の声にはうきふししげき泪の露に、目もくれ心も惑ひて誰様かたれともしるしてんよしもなし。さりとてまたただやみなんも本意なければ、難波津の御子達がよしあしを書き集めて、むきどころとなづけ、座の左に置て、剽軽のいましめとするものならし。

いにしゑ座　　玉村吉弥

いふばかりなくあてやかにして、此世の人ともおもほへず、ただ天人のおとし子かとぞあやまたれぬる。露を含める海棠のねぶれる花の顔は、金谷の木末も匂ひを放ち、光りをそるふ珊瑚の玉の姿は、銀漢の月も粧ひをそねみぬべし。翡翠の簪、桂の黛、柳の糸の細腰は、風の誘ひすぎしかたあれど、それは申も恐れあり、かかる人後の世にもいで来なんや芸の思ひ入上手なり。但し自慢おもてに見えてあししと言はまし。

玉顔世界図　村叟野夫病
吉是欲レ休レ憶　弥増涙湿レ鬢

露の玉むらさめつよく降ふころは
身もぬれぎぬをきちやならまし

かん三郎座　　玉河千之丞

女がた今無類也。ただしだるしとや申さん、小唄すなをならずして面白し。あだかも巫女の雲となりし面影夢のうちに残り、貴妃の肩にかかれるよそほひ世の外におろかなり。今更嘆くは管なれども、過行年月のかへり来ぬこそ残り多けれ。座配しこやかにして、よし洛陽の昔思ひ出られてなづかしなどいふ人多し。洵に心中第一にして野道の元祖なれば、世の人誉め渡りしもさる事にこそ侍れ。

玉肌正絶レ画　河竹順レ流姿
千声褒二善々一　丞二浮身切思一

かずかずの思ひを何とせんのぜう
　つもる涙の露の玉川

次いで翌三年地方出版ではあるが、伊勢古市座《ふるいちざ》に於ける野郎評判記『赤烏帽子』と題するものが現存しあるはすこぶる珍とすべきであろう。本書後序を書いた如是亭我聞子の言に拠れば、当時（万治四年春）京都に於いて野郎歌舞伎厳禁の為め、難を避けてしばらく古市にみ与を据えた時の評判記であるが、前二書に比して更に閨中《けいちゅう》猥雑の語句が、あたかも当時の遊女評判記と選ぶ所なきものとなってしまって居る。その一例を挙げて見ると、

（古市座に於ける野郎四十三人の内）

玉江三四郎

能書なり、つめひらき勿体、一座野郎の手本なり。但わきよろしからねば、おぢが頭となるのたぐひか、此人去施主に頭指と中指にて、釜火指やくのなりしてみせられけり。一座の僧法師などにて、印を結ばるるが、剣印には中ひらけりといへり。いかやうの相国かききたき事にこそ、御茶ひろしといふものは、実にはなしたるにて、御茶せばしと云ふものは、すまたにぞありける。いと不審なり。異見を丹前唇といふ、是や作のあつきといふなるべし。

によって、当時の野郎歌舞伎なるものの、風壊程度を相察し得よう。その後同十一年二月江戸うろこ形屋開版『垣下徒然草《えんかとぜんぐさ》』と題する野郎評判記が出た。無論この七、八年間には、野郎に

関する評判記や細見類が相当開版されたことは、本書の序文に「早晩其数四五にも越、五六にも余り云々」とあるが、現存するものすこぶる稀少で、年暦の確然たるものは前記の『徒然草』だけである。試みに刊年不詳なるも、おおよそこの年間前後に刊行されしと想像される貞享二年刊『広益書目録』によってその書目を挙げて見ると左の通りである。(これらは万治寛文延宝もしくは天和年間の刊行と認められるものである。ただし刊年の明らかなるは省く)

野郎評判

一、野人虫　一
一、べく杯　一
一、野郎友　りんき　四
一、熊谷笠　一
一、あまのじやこ　一
一、野郎虫めかね　四

などであるが、なお刊年の明らかなもので、しかも未見書に、延宝二年の『役者丸裸』京都版、同年『野郎げぢげぢ』江戸版などが刊行されて居る。

『垣下徒然草』は江戸堺町葺屋町《ふきやちょう》に於ける歌舞伎野郎評判記として、類書中の権威と称されている稀本で、従来写本として伝えられていたものであるが、稿者は最近実物を目撃した一人であるが、惜しい哉、未だその実物の所蔵者並に現物を紹介するの自由を有しない。今日伝えられている写本の誤説を指摘する箇所も多少あるらしいが、今はそれすら為し得ないことを遺憾に思う。その序文の一節に

――玉井（浅之丞）の君の御目元はいともかしこし、猛きなりふり愛らしき事の末葉迄人間のたねならぬぞやんごとなき、此豊島のお江戸にただ一人の君なれば、御ありさまは更なり、いさぎよき山川（内記）の全盛、かつ花島（龍左）に並ぶべきおかたもあらばこそ、出来島（小瀑）君、松島（市之丞）君の御よそほひ、意気張残る所なくゆゆしと見ゆ。其外のぼり下りの名君もあまたわたらせ給ひけるとかや。惣じて外は其品さだかならねば、記さんに且ついとまあらじ。みめ

かたち勝れ、めでたしと見る君も、心中のつめたき本性見えん程に惜しかるべきな。あり□きものは情ふかくして心強からんのかがみならんこそいみじかるべけれ。手など拙からず、望みし者あらば、辞退なさぬこそ御野もじはよけれ。いつしか此道世にはびこり馴れ初めて、恰も止め難きのみぞ、老たるも若きも愚なるもかはる所なし。さればにやかれを弄ぶ輩は、男だてのひぢを怒らし、これをもてあそばざるは手もちなしの塵などとて、世にもてはやし侍りつる。鼠のあながちなるをば、おのみるめは狂言れいしよくのあだなる戯れとなん見給ふべけれども、万にいみじくとも色好まざらん男はいとさうさうしく、玉の盃の底なき心地ぞすべきとは、昔ひじりの詞ならずや。さる程に、心あるやからは、五七の詩につづり、平仄のちまたをふまずなどとて、句頭にさもいみじき其名をあらはし、花は盛りに月は隈なきをのみ詠め暮し、或は三十一字の和歌のうら葉に心よせ、敷島の道にただよへり。しかはあれども、此野子めは詩も吟ぜばや、歌も詠ぜばや、其身はもとより海士の子なれば、定むべき家もなし。さざ波や近江の浦の浜の真砂の数々は、其品多き世の中を、ただ徒らにのみ身をうき海士の捨小舟、いつしか沖に掉さして、花の台に至るべき風のたよりをまつしぐれやるかたなし。とやせんかくやあらましと、思ひのほむら胸をこがし、疲労して暮しつる折しも、頃は初冬のはじめつ方、友遠方より来りて、ひたすら我を誘ふ、予もそら恐ろしき事になん思ひしかども、いやまたさすが岩木ならねば、心細くも此ふた町にうかれ出、まづ浮世まん中村を初めとして、諸芸は天下一むらや、流れも清き玉川に、うかめる君の其姿、見るより是ぞ優曇華の、花待得たる心して、電光朝露の世の中に、騒げやすますな、兎角此身は髭籠のあられ、死んで又来てぬめる身かと、をめをさけんでうきにういたる川流れの瓢軽どし、吉野初瀬の花誘ふ、嵐の心ながら、日々に垣下を忍び出、若いが二度ともあらばよな、こりや夢の浮世は気の薬、かず六方といでたちも、よその見る目もいとはばこそ、露けき芝居の油虫となりしより、魂魄のうかれ者、君袂に飛入て、消ゆるばかりの恋衣、思ひそめずば中々に、濃くも薄くも紫の、昔は物を思ざりしにつらねしも、今の思ひにしくあらじ、まことにたつときひじりの書きけんやうに、世の人の心まどはすこと、色欲にしかじとなん。是又やんごとなく思ひ侍りぬ。子ひとへに恨めしきは、せめて此世の思ひ出に、情のふすまの下にもやどりし身にあらば、あやめの品定めもせんづれども、無下なるかな此道のいどほり、露ばかりも不知、はにふの小家の住ひに、夜もすがら思ひの炎胸を焦し、悲しみの涙袂をしぼり、其身のつたなきを恥ぢ、一身憔悴せし頃、かの道の水公とおほしくて、一両輩子が孤閨のほとりを行き侍りしが、てんことなくをめきさけぶ野子めも、何事やらん聞かまほしくて、あとを慕ひ侍りしかば、彼うてなの君との御うはさごとにしあれば、其評をばかくと聞くに、中にこざかしき男のいひけんは、野道一寸我れ知り顔にかきさがし、兎や角と批判する事にしあれば、うち見るよりほつとりとはなミ《(ママ)》けかふ愛らしきにまみゆるをば、をかの見る目より、心中床入などといへば、数々の書毎に是をまことにす、さりとはもとよりおもほえぬ事なれば、其評深淵にのぞんで薄氷を踏心地して、近き頃より花島公の評する語に、度々判付をめされつるよし、又みち引に書けんやうに、ややともすれば判付のさしあひと仰せらるるうるさしと記しぬるは、いとかたはら痛し。是其憤りかつて知らぬ者の知りけんやうに、先書の評をうかがひ書さがしつる故にしあれば、かつ花島公の御心底のそのおく無下なるかなや、此義かつて無きにもあらず、勿論そのかみ夜をむさぼるとんてきの至りし時、かく御意ありしは紛れなし。しかるをかの道引にややもすればの六字を加へしは、なんぞ先書の評を疑ふにあらずや。野もじの宅に至り夜をむさぼる心なかれ。さてこそ昔ひじりの誡めすや、あだごとのは絶ゆることなし、床入すぎても立ち去らでのみ侍らば、いかにして君がもののあはれみもあらん。夜は定めあるこそいみじけれ、すみなれぬ屋に鼻毛のばしつつをること長々しければ恥多し、とてもかくても四ツ時に足らぬ程にて帰りなんこそめやすかるべけれ。ひたすら夜をむさぼる心のみふかく者の仕業なれ。かくのいきどほりを知らずして行きなんあさましとは、などかしこくもいましめたり。たくみに記しけんなどと罵りつるを聞しより、そぞろうれしき事になん思ひ、かつ水公のうちにも入りなんやと、をこがましくもその評左にあらはし。

其名も高き美君四七を撰び出し、もろこし反魂香の昔を聞はべりしままに、あつかましくもまなばんの今になぞへ、其美容を丹青に写し、腹のかはのよりてもつかぬ狂句にその御仮名をけがし、あまつさへ片腹痛き腰折れの、しどろもどろつらね侍らし。中にも世々の集にも載せ、野もじの花も稍にかへり、月の齢もはや山の端に傾き給ふ方々は、今更とかくの評もくだくだ敷侍れども、万の事初め終りこそをかしけれ。昔を忍ぶこそ色好むとはいはめとの先言もだしがたうつらね侍るをば、男女の情もあひみるをばいふものかはとなん。後見のかたがたさぞをかしくやありなん、よしさもあらばあれ予が本望とやせん。かく足引の山鳥の尾のしだり尾の長々しきに、鶉の尾短きを取交て毛頭文章のあしきをなんいとはず、猫のちよつかいをつんのべて、人もなげに賢き聖の其書に習ひ、狼藉理不尽にところまだらに書さがし侍るも、予が垣下のすまひに、つれづれの笑ひ草となし、又は野子如きの瓢軽のうき助にもおくり、雨のあした雪の夕に、徒然のたはむれ草となし侍らんとより外はあへて他事なく、よりよりしたため一編となし侍るをば、かわゆさうに叱らずとも、記主が心底を顧み、愛れんの心を加へ給へとの所在なるものならし。

――とあるので、本書の体裁や内容の大体は知れよう。実に至れり尽せりの解説と見てよかろう。更に野郎評判の艶詞二、三を抜抄しよう。

玉井浅之丞

この君の容貌比するに物なければ評する日もあまりあり。ひとたびえむに百媚海棠の眠れる粧ひとしとやかなる風流いとなつかしの床の内、つゆのまし思ひ出も、ひやうきんめらは千歳ふるともわするべからず。とかう難ずるやつあれど、野子かつて難ずる人は言葉を本とせずといへば、これなんとはおもほへず、いづれをなんと定むべしや、面向不背の玉の井、本朝のきよく人は此君ならずや云々。

水精か玉井にうつす月の顔

花みしはいこくせうさへみごと哉

出来島小瀑

この君嬋娟たる事今更あらためていふもおろかなり。座配床入しつぽりとあぢな所多し。先書にかきけんやうに、花代にてあしき事あれば、山水のやからは高岸の花を深谷よりのぞむが如しとなん。評に曰く、ぢばん山水の野子ていめいは、高岸の美花を深谷よりのぞむが如き□かなれども、また身もちかたきのおのこめは、花代のついゐをいとひ、あだなるたはむれと思ひぬべければ、とかくと思ひながらも庭前の花をよそに見、あだなる深谷をのぞむが如く、いたづらにせいじんのついやす如きに思ひぬるやからもありぬべし。とかくかの道にのぞみ、そのついゐをいとひ、この理に至りがたし。この君諸芸おぼつかなけれども、器量のよきに任せ、よろづに優れて見侍るは、めくちかわきとやいはん。しかし遠島のいまは、けいも上洛にまみゆるかちんやうやう。ある人の語にいはく、孟子の媚は艶の玉浅にれつなりとぞさぞあらし。

さてもみこともはや小さらし女郎花

松島市之丞

めんてい美しく、心にくきゑみ顔、むくむくのはだえこまやかに、わけて情の深かりしとなんいとなつかし。野もじのおぶすなさまとかはれ給ふは、けふこの頃なりしかど、人の心はあすか川、よの間にかはるならひとて、とやかくとののしることうたてく思ひ侍る。よはひ暮春の花の如しといふもあり。

いのちの上あつたものではならさかや

以上の如き好色誘拐の挑発的文学に充たされていることは、啻《ただ》に本書にのみ限られてはいないが、特に目立つように思われる。しかし文章は他の類書に比し、美童を描くに適した美文で、多く敬語を使って下品でないのが取得である。

次いで延宝二年に至り、やはり江戸版『新野郎花垣』と題して、野郎を花に見立て、一方市村竹之丞以下三十六人を選んだのは、これまた例の三十六歌仙に擬したものであることは言うまでもなかろう。挿画は在名ではないが菱川師宣と認められる。挿画の様式は万治の『野郎虫』に拠ったものであろうか。且つ本書は野郎見立て評判記の嚆矢とも見るべきやや独創的のものである、花の種目には次のようなものがある。

蓮の花、槿、楓、桜、躑躅、桔梗、蘭、女郎花、石竹、菊、欵冬、藤、風車、八重むぐら、萩、梨花、薄、松、百日花、梅の花、美楊《ひやうのなき》、牡丹、鶏頭花、水仙花、芍薬、桐、杜若、柘榴花、小車、眼皮、百合草、手鞠の花、金仙花、茨の花、柚の花

等である。

巻頭蓮の花に見立てた市村竹之丞を評したものに、

此君芸にかかり、一儀は勝れて油断なし。ことにより相応せぬ芸もあり。出家事などはふるなともいふべし。あれ事は不だん嫌ひの故か移りにくし。一座の心を汲んで芝居より立る事上手也。

芸の位游泥のうちより咲き出る蓮の如し。所作実也。此君はじめて見る人も名のらで太夫と知るべし。但もはや前髪はとりてもよからんか、何もののしけん。

発句に　見あくるやきしのひたいの柳髪

歌　に　見物のよふしをなやす竹之丞

藤市村と人のいふらん

また、『つれづれ草』に擬した挑発的な序文と跋文《ばつぶん》が、当時野郎の全盛を裏書している観がある。

序文

つれづれなるままに堺町に向ひ、何となく心の移り行く鼠戸の口。そこはかとなく覗き廻れば、若衆こそ物うるはしけれ。いでや此うちに至りて願はしかるべき君こそ多かめれ。太夫の御位はいともけ高し、だてのそのをの姿迄、人間のたねならぬぞやるかたなき。いきの人の御有様はしやらなり、ただ人の振袖など着たるきはは由々しと見ゆ。その外、若僧達ははふれにたれど、なほなまめかし。それより下つ方は、程につけて時にあひ、やはり顔なるも自らいみじと思ふらめと、いと口をし。太鼓もちばかりうら山しからぬ物はあらじ、人にはうぢのもののやうに思はるるよと、せんせうなごんが書けるもげにさることぞかし。凡そ野郎のかたちといつぱ、天人界を爰にあらはし、化粧つまべにさしもげによにたぐひなきその姿見るに、心もうたかたの哀れ一ふし歌ひぬる声こそかれうびんがにて、うき立つ雲のたえだえに、空ごとながらそれそれの、花になぞらへ詠むるに、何れをそれとわけ難き、花の面影心立、芸の品々よしあしを、言はんとすればばえこひいき、有が中にも上中下、分ちなければその人の、稽古の怠り有事を知らせんのみかきならす。ことことしくはいひ難し、その名のほまれともちげい、すぐにいはんも心うし、されば花をしんにして、かき集めたる芥川、しどろもどろのお流れを、くんのめさはげ花の枝、手をいやせまし花垣を、ゆひたつるそのことはりなり、又花書ともあるべきか。

同じくその跋文

てんと八まん誓文ぞ、たてよこふるお姿を詠めかへりて、秋の夜の永々しきをあかしかねひとり板やの雨の音はらはら、とりのそらねまで面影にたつ野郎衆、忘れぬままにあんずれば、かうやこつくり弘法大師、ふみわけ給ふ道ぞかし。今にたえせぬ色の道、結局大師の時よりも、次第次第に繁昌し、心々のいきをたて、うでつき狂ふ人ばかり、我も若いかたのみにて、腕になま疵たえなんだ、いつもひじりがすきの道、高座六十那智八十、若衆といへば北しぐれ、ぬるんるぬるんる振袖の、いと美しき舞の袖、田夫野人の我等にて、さりきらひは知らぬども、いすかの箸のかたはしに、上下あはぬ腰折を云々となしし事、更に手爾波をうの毛程ゑらばず、筆を先たててかきたてぬれば見る人に笑はれんも恥かしや、よしなばかりはありながら、しやうじよも知れぬ宿なしの、三界むあんといふをのこ、けふのすみかをあかへて、天狗のなけざんあはふあはぬは知らねども、あとより出る野郎きやうのつゑといふ書に委しくしるすべし。

言のはにつつるすさみのおかしくて
我もひとしき恥のかきあき

当時の野郎歌舞伎の舞台姿や狂言尽くしを描いたものに延宝六年刊の江戸板『古今役者物語』一巻がある。太夫《たゆう》、座元《ざもと》、惣役者《そうやくしゃ》四座を始め、当時の立役中村勘三郎、市村竹之丞、坂東又九郎、山村長太夫《ちょうだゆう》以下三十人、子供（若女形）中村七三郎、中村七之助以下九十余人、外どうけ役者として片山仁兵衛、坊主小兵衛以下十一人を挙げて居る。まず以て寛永以降元禄以前に於ける歌舞伎の全盛期と見るべきは当期を措いてないのである。舞台に於ける彼らの艶姿は、どんな風にして観客を陶酔せしめたかを朧気《おぼろげ》ながら物語ったのは本書である。

国土ゆたかに民栄へ、めでたき御代の末広く、老若男女袖をつらね、もすそを染めて皆人の色めきわたる有様は、げにげに花のお江戸なれ、中にも爰は堺町、ふつきや町に木挽町、色々の見世物は、人の心をあやつりの、浄瑠璃世界の楽も、是にはいかでまさるべし。歌舞妓菩薩の舞の袖、狂言綺語とは是ならん。すいなるも野暮なるも、いとど心は空になり、有頂天のててつくづく、つつてんてんのおたいこだちとそそり出、見物日々にたえ間なし。先芝居のそのかかり、古より名の高き、太夫は彦作かん三郎、さて又右近源左衛門、女形の初として、むかし男の舞の袖、女かと見えて男なりけり、さながらに業平めける其風情、振分髪のかたすぎぬ、ひたいのほうしはやかに、若衆歌舞伎はいそなり。寔にしぼめる花の顔、色なふてにほひ勝れるに異ならず。さてそれよりも水つづき、流れも清き玉川の、せんじやうすにじゆせんとて、野郎若衆の水上也。かはらのまゆずみにほやかに、丹花の唇えめる時は、そよめく花の春風に、開きそむるに異ならず。それに劣らぬ若衆の、思ひ思ひに装束し、歌ひかなでし其の風情、天津乙女の影向か、げにげに歌舞の菩薩とは、かかる事をや申すべし。（中略）さて又瀧井のあはれとも、消えてはかなき山三郎、玉川主膳は善に入り、諸国修行の身となりぬ。是皆昔語りとなり、きのふの花のかほばせも、朝露ともろ共に、散りて消えぬるはかなさよ。その外たれ様かれ様は、花の盛りの身なれども、無常の風に散り給ふ。誰は遁世ましましぬ、是は芸をばやめ給ふと、聞くに付ても、なづかしく、一しほ昔の思はるる。されば今世のまつさかり、まん中村のかん三郎、げいと市村竹之丞、幾世めでたくさかへ行、楽屋のていを見をくれば、伽羅のけぶりの空だきに、薫るの君のうらやめる、生れに匂ふ兵部卿、花の露の匂ひを止め、櫻色なるうす化粧、女かづらに若衆形、すみかづらに伊達髪や、惣髪なでつけ作り髯、六方と出た役者も有。扨又道化装束は、大ひら袖、又うしろにはだんだら筋を二筋つけ、作りはなげにあほうひげ、どつと笑はす其風情、いかなくすんだしんき病みも、心を晴れぬはなかりけり。さてしき三番を初めつつ、狂言をはじむれば、更に余念もなみの上、浮かれぬ人もなかりけり。

以上で序文は終わっているが、その狂言尽くしの絵詞として、『式三番』、『たかやす通ひ』、『勘三郎猿若』、『多門庄左衛門谷中六方』、『梅がつま』（瀧井山三郎）、『今川忍び車』（市村竹之丞、藤田皆之助）、『今川二どの高名』、『おとらくどき』、『きぶね道行』、『平《たいら》のこれもり千種《ちぐさ》の花見《はなみ》』、『藤戸』、『瀧口横笛』（玉川千之丞）、『すまふのいひたて』、『八まん太郎』（をのへの忍ひの段）『山椒太夫《さんしょうだゆう》あんじゅ姫《ひめ》』、『つし《ずし》王丸《おうまる》本意《ほんい》のしよち入《いり》』などである。左に『きぶね道行』と『平《たいら》の維盛《これもり》千種《ちぐさ》の花見《はなみ》』を引いて見よう。

雲のゐにあれたる駒はつなぐとも、二道かくる仇人に、積る思ひをしらせんと、思ふもぬるる袂かな、浪のよるよるたち出て、そなたの神をたのみつつ、通ひなれにし道の末、おむろに近きをしば山、ただこのもりの木のま行、月のおぼろか見もわかぬ、浮世はうしの時まいり、神の誓ひのすへ清く、加茂川越へて詠むれば、あとにみぞろが池にすむ、ああ鳥ならば我も又、恋しき方に飛び行て、今のつらさを知らせんと、ゆきてはかへり、かへりては又せん方なみのよるのみち、恋しきやみにくらま川、水のをちあひかけ橋を、とどろとどろと踏み渡り、いわまにせき来る波に、ゆられゆられて今ここに、貴船の宮居につきにけり。

君はつれなやゐに有鳴子、ひけどなびかずなりもせず、思ひさろやれ恋の道。

風は吹かぬにわが仇人の、心の花にくらぶれば、はればときわの桜花桜花。

花は散りても又桜花、つれなや人はひと盛り、花にあやかれ我たもともと、かへさわするる花のゐに、うきにうかるるしやみのをと、ひいてあかぬはたよりとや。

桜流るる音羽の瀧に、しもてやんさしもてすくひとれ、桜花のゐ、ちれちれさくら花のゐさくら花のゐ。

以上で延宝以前に於ける男色を主とした稚児物、野郎若衆に関する評判記類は、ほぼ渉猟し

たつもりであるが、更に元禄期を中心とした同系統の類書に就いては特色もないので省略する
ことにする。

第三章　花街物

第一節　序　説

江戸時代に於ける悪所の全盛を裏書する特殊な文献、一は前章に述べたる歌舞伎野郎評判記で、他は遊里の水先案内たる遊女評判記もしくはその細見記などで、花街書の九部通りは、これらによって代表されているかの観がある。しかしてこれらは厳密な意味から言えば、あるいは文学として取扱うべきか否かはやや疑問に属すべきものかも知れないが、しかし当代に於ける一般文学の価値から言っても、はたまた次期の浮世草紙中、特に好色文学の先駆を為すものとして、これらの文献を逸することは、あたかも龍を描いて眼に睛《せい》せざるの悔がある。殊に、この時代に行われた細見記・評判記類は、後世（享保以後）に行われたような単なる遊女の細見や位付の表見出しではなく、一種の物語風な点や、本そのものの体裁から見ても、仮名草子もしくは浮世草子と択ぶ所なき形式を具えて居る。以下花街本の主流たる細見記もしくは評判記に就いて一瞥《いちべつ》を与え、更にその傍流を成す物語小説その他につき、やや詳しく述べて見たいと思う。

花街本の元祖は、誰も知る寛永十九年の『あづま物語』がその濫觴とされているが、厳密な意味から言えば、その前年の三月に刊行されたと称される、三浦浄心《じょうしん》の『そぞろ物語』がある。共に元吉原の遊女を扱ったもので、後者は遊女以外の物語も一、二混じているようであるから、純花街書としては、やはり『あづま物語』を挙げなければならぬ。一は（あづま物語）花街本の主流たる細見評判記の嚆矢となり、他はその傍流をなす物語小説の先駆となったことは、共に注意すべき点であろうと思う。この以後万治頃まで約十五、六年間は、江戸に於ける花街文献は途絶えている。特に上方京島原に関する文献に、現在中のものとしては、承応二年の『こそぐり草』上下二巻と、明暦元年の『桃源集』がまず以て最古と称せらるる部類のものである。その翌年『吉原鑑』の原本たる『寝物語』が出版され、同年大坂新町の遊女評判記『増《まさ》り草《ぐさ》』

が同時に開版されたことは、やや注目すべきである。

上方に於ける遊女評判記細見記の板行は、江戸の吉原物に比してほとんど問題にならないくらいの貧弱さで、花街本といえば、「吉原物」かと、合点するに一致している観があるのでも知れよう。しかし開版には至らなかったが、延宝の畠山《はたけやま》箕山《きざん》の『色道大鏡』一書が、上方に於ける花街本を代表している観は確かにある。今その「大鏡」に引用されて、しかも今日伝本未詳のものを挙げて見ようならば、

『山鳥物語』『難波物語』『都物語』『寝覚床』

以上が島原もしくは大坂新町の花街本かと推想され、その他貞享二年の書目には、

『しらやき草（島原）』、『朱雀遠目鏡跡追《しゆじやかとおめがねあとおい》』、『島原袖鑑』、『難波鉦《なにわどら》古《ふる》かね買《かい》』、『茶屋友りんき』、『祇園丸裸』、『色道案内者』、『東西鳥合女郎野郎評判』、

これらは延宝から天和貞享へかけての上方花街書の重《おも》なるものであるが、なおその他にも画を主とした笑本の、尠なからず刊行されたことは言うまでもなく、それらについては、別に述べる機会があろう。

さて上方に於ける花街書の刊行は、元禄を転機として、その後は一向見受けないのであるが、それに反して、江戸は吉原の繁昌と共に、その水先案内書たる細見や評判記、もしくは物語風な諸分物などが続々開版されるに至った。特に寛文以後延宝にかけては雨後の筍の如く後世江戸文芸物中「吉原物」なる特殊の名称の出来たのも、蓋しこの時代の産物が特に遠因しては居まいかと思う。寛文五年には江戸市中に散在して居た風呂屋女を廓内《かくない》に収容するに至って、廓内は俄然として一大変化を来たしたと言われて居るのは、この時以来散茶女郎《さんちゃじょろう》なるもの起こり、その勢力侮るべからざるものとなった。殊に寛文以後大名旗本の嫖客《ひょうかく》が衰えて、吉原の世界はそろそろ町人の独舞台と成ろうとする時であったから、散茶《さんちゃ》の妓風はいよいよ煽揚《せんよう》せられ、需用供給の理法で、町人相手の細見記は、これが為め、際物《きわもの》出版書肆《しょし》の手で濫発《らんぱつ》されたことは、今も昔も変わりはなかった。寛文初頭には万治三年の『吉原鑑』の出版を初め、『吉原根元記』

『吉原雀』『吉原よぶこ鳥』『ぬれぼとけ』『吉原丸裸』『吉原袖《よしわらそで》かがみ』『吉原六方』『吉原くぜつ草』『吉原讃嘲記《よしわらさんちょうき》、時《とき》の太鼓《たいこ》』などは、その重《おも》なるもので、その他今日伝わらないもの幾千あるか知れない。下って延宝には『吉原失墜《よしわらしっつい》』を始め、『吉原大雑書』『吉原根元記』『吉原恋の道行』『山茶破《さんちゃやぶ》れ笠《がさ》』『山茶評判胡椒頭巾』『三茶三幅一対《さんちゃさんぷくいっつい》』『吉原下職原《よしわらげしょくげん》』などであるが、吉原以外の地方開版のもので有名な島原物『たきつけ、もえぐゐ、けしずみ』が出て居る。大坂からは新町の『浪花鉦《なにわどら》』また『古今若女郎衆序』などがあり、遠く長崎の丸山遊廓を描いた『長崎丸山土産』五冊は特筆すべき奇書と謂うべく、更に本書と相前後して、筆写のまま世に伝えられた畠山箕山の『色道大鏡』十八巻ないし三十巻は、花街文化史上空前絶後の大集成として驚異に値いする大著と言わなければならぬ。だが惜しい哉、その大半は散逸して伝わらない。次いで天和貞享に至り、京島原の年中行事を小説的に描いた『島原大和暦』の出たのも見逸してはならぬ。江戸吉原からは、『吉原買物調』『吉原大豆俵《よしわらだいずだわら》』『好原女郎花』を始め、〔榎本、のち宝井〕其角《きかく》の戯著として、その筆蹟を坂下にした『吉原源氏五十四君』は、吉原物中の白眉と賞されている。ここに確かに天和か貞享頃の出版と覚しき『失題評判記』の跋文に、この

頃出る評判記はあまり信用出来ないものばかりであるとけなしたものがある。それは

「土佐節を語る者に色里の咄しせんものなし。そばきり好の者に大磯や虎右衛門を知らぬ者もなし。松屋に膏薬も天満喜三がいよいよといふにてこそ流行らめ、頃日猥に評判双紙といふ事を我勝に書き出せ共、どうやら伊勢物語のなりそこないの様にて、さして替りたるものなく、その女郎の相方内証の善悪は一つも書かず、さるによって出るごとの新板にそんをせさして、板屋を懲らしむるなり。例えば女郎と家名をば古より見合せて、ゆはう事に事をかいて、酸のこんにやくのと嘘を吐き散らかすまぎり文法、それ程かうぜいがつきたいか、是が嘘ならよく聞き合せたがよい。さるが中にも去年の紙屑の仕掛かはりたる瓢たん煙草入、是なん近年の出来□好色源氏とも言ひつべし。さて此一通わたくしの知る所にあらず、ふとしたる人の物語りを聞くならく、世の人の眠り覚ましとならさかや、此手をかしわのふたまきとするのみか」云々

とある。師宣風の挿画四頁、中本形の余程趣きの変わった体裁ですこぶる古拙《こせつ》なものである。

これよりこの後元禄宝永は別として、正徳享保と年数を経るに従って細見もしくは評判記の類本が加速度的にその数を加増して来た。元禄は格子女郎や散茶女郎の全盛時代であった為めか、、廓内を通じて太夫の数三、四人に減じ、多い時でも十人には充たなかったらしい。最近入手した元禄三年板の『金剛砂《こんごうしゃ》』というは吉原遊女評判記と細見とを兼ねた五冊本であるが、それにも太夫はたった三人しか出ていない。同十四年の八文字舎本『色三味線』および、それと前後して出たらしい『遊女名よせ』という枕本、これは多分『色三味線』の名よせの部分だけ抜抄したものらしいのにも、吉原には太夫と称するもの僅《わずか》に五人しか挙げていない所を見ると元禄は太夫の払底時代で、これは多分量よりも質を選んだのに原因したものであろうか。また最近元禄十二年の『五大力菩薩手鑑《ごだいりきぼさってかがみ》』というのにも、江戸の部に太夫九人、京の部に十人、大坂十三人を挙げて居るに過ぎない。また元禄七年刊の『吉原草摺引《よしわらくさひきずりびき》』六冊本は未見書であるが、例の柳亭種彦の『吉原本目録』に依ると、本書は絶版の上作者版元共に罪せられたとある。そして遊女の評判記としておかしからざる冊子なりと。

「是より遊女を白地に譏る冊子は作者もなく、刻する者もなく、且つ評判に係らざる冊子にても遠慮したりと覚しく、古く寛文延宝の冊子は多く今に伝はれども、却つて此元禄七年より宝永の初めまで十余年の間の年号ある刊本を見ず。絶てなきといふにあらねど、昔より少なき故、予（種彦）が目には触れざるものなるべし。」云々

と言ってる通り、この年間の花街本は、寂々寥々《せきせきりょうりょう》たることは事実であるが、種彦も嘗て見なかった前記『金剛砂』『五大力菩薩』刊年未詳の『遊女名よせ』の三書は地下の種彦に見せて遣りたい気がする。宝永年間では未見書『吉原大黒舞《よしわらだいこくまい》』横本六冊石川流宣《いしかわとものぶ》作が六年に開版されているか、多分細見と評判記とを兼ねたものであろうか。戯作小説には『吉原一言艶談』が出て居るのみである。思うに当代に『吉原物』の出ていそうで出なかった理由は、他にもいろいろ原因はあろうが、種彦も言ってる通り『草摺引』一件で出版屋がおじけがついたのと、一つは元禄宝永頃の出版界は上方全盛時代であったが為め、それらに押されて進んで江戸で出版しようと試みるものが居なかったのか、もしくは当時太夫の払底より、ひいては遊女全体に亘っ

て素質が下落して、敢って進んで評判する物好きな閑人が居なかったのかも知れない。それは兎に角、不可解なのは何としても『吉原草摺引』事件である。先年改版された朝倉［無声《むせい》］氏の『日本小説年表』に絶版理由なるものを挙げて、

「今様慶禄記に書物作り候もの平三郎、板行仕候もの甚九郎、書物売候もの三左衛門、板木売候もの仁兵衛、右之者共頃日傾城町の儀其外噂草摺引と申書物作候段不屈に付、四人共穿舎被仰付候。書物並に板木は町奉行所へ被取上之候。元禄七年戌正月と見えたり」

とはあまりに苛酷な断罪ではないか。たかが遊女や傾城町の評判記、それがどんな内容を書いて居るか知れぬが、またもって当時花街の侮るべからざる潜勢力のあったことが看取出来よう。更に次の正徳に入って俄《にわか》に擡頭《たいとう》し来たった花の魁は、例の有名な名も目出たき『吉原七福神』と『吉原えにし染』の二書である。享保以後、元文、明和、安永、天明にかけては、細見記の発行は春秋二期は必ず二冊ないし四、五冊ずつは出ていたらしいが、大半は散逸して伝わらな

い。享保の『吉原丸鑑』や『両巴巵言《りょうはしげん》』共に著名である。下って宝暦には『交代繁栄記』『吉原出世鑑』などが評判記・細見記としての主なるもので、それより以後は単なる細見記だけで、評判記はこれより姿を替えて江戸特産の洒落本と鞍替したものと見るべきであろう。
江戸の大通蜀山先生『四方《よも》の留粕《とめかす》』に「三谷伝来吉原細見説」と題して、延宝の『吉原恋の道引』以下の吉原本を面白おかしく批判した戯文がある。今それを引いて本稿序論の結末を告げよう。

此里ここに移りてより以来、延宝に『恋の道草（引）』ありて、浅草橋より大門に迄軽尻駄賃のあたへをしるせり。三人達にて馬一疋に塵劫記のりかへなど、土手節に唄ひしもおかし。元禄の『吉原草摺引』、宝永の『吉原大黒舞』、享保のはじめの『丸鑑』これ等は其名を記すのみにあらず、其姿心ばへ迄あからさまに品定して今見る如し。源氏の雨夜の物語、暁傘をかはせたる頃なるべし。其外にも『両巴巵言』は大人先生の筆を揮ひ、『洞房語園』は庄司の家に成れり。抑吉原細見は判め横本黄表紙（私註、必ずしも然らず）なりしが、享保のなかばより唐紙表紙となり、明和の頃よりぞ今の姿の小冊とはなれりける。新命婦は月々にあらたに、大正は昔秋にあらたむ。はた細見と名づくること大行は細瑾をかへりみるか、酔て菜黄をとつて仔細に著ると唐土人の菊の節句に、台の物の水菓子を見て作れる詩に基づけるや、細見の御太刀の武左にもあらず、いなさ細工の旅人客にもあらず、楚王の好めるおいらんのほつそりすはりの柳腰、見帰りの柳の惣堀に、細谷川の流れの身、三千の粉黛、五町の一廓、医師の外には乗物を許さぬ秘伝の御高札、御覧の通油町、五十間からはえぬきの大木の蔭に立ちよりて、からまる蔦屋重三郎、田甫にあらぬ耕書堂、一子相伝秘々中の秘説、とつくと細見あられませう。

第二節　物語と諸わけ物

『そぞろ物語』宝永十八年三月の開版である。前にも一寸断った通り、純花街書としては如何かと思われるが、しかし江戸時代に於ける花街関係の文献として、ともかく陳呉《ちんご》たるの観があるので、これを逸することは出来ない。殊に本書は慶長末年の『慶長見聞集』中より遊女歌舞伎に関する条項を抄録したものとして、一面には江戸開発の文献としては貴重な一資料の役目をするものとして敬意を表したい。作者は言うまでもなく三浦浄心である。元吉原時代の遊女は今日の女優の役目をもして、例の鎌倉時代の白拍子ともいうべきものであったことが左の一文でも知れよう。

歌舞伎をどりの事

見しは今、江戸にはやり物しなじな有といへども、よし原町のかぶき女にしくはなし。さればむかしぎわうぎ女にも御前などといひて、舞曲世上に名をえし美女有しが、女のかたち其ままにて、白き水干をきて舞ければ、白拍子と名付、ゆうにやさしく候ひしとなり。もろこしには虞氏楊貴妃王昭君など、みな白拍子と聞えたり。扨慶長の頃ほひ、出雲の国に小村三右衛門といふ人の娘に、くにといひて容ゆうに、心ざまやさしき遊女候ひしが柳髪風にたをやかに、桃顔つゆをふくめるふぜい、舞曲花めきて百の媚をなせり。音声雲にひびき、言葉玉をつらね、春風あたたかにして聞人までもおほえず栴檀の林に入かとあやしまる。此遊女男舞かぶきと名付て、かみを短かく切、折わけに結、さや巻を北野対馬守と名付け、今様を歌ひ、婦女の誉れ世にきこえ、顔色無双にして袖をひるがへすよそほひを、見る人心をまどはせり。それを見しよりこのかた諸国の遊女そのかたを学び、一座の役者をそろへ、舞台を立をき、笛たいこつゞみを打ならし、鼠戸を立て是を諸人に見せける。中にも名をえし遊女には佐渡島正吉、村上左近、岡本織部、北野小太夫、出来島長門守、杉山主殿、幾島丹後守などと名付、是等は一座のかしらにて、かぶきの和尚といへるなり。（以下略）

当時の遊女の名が宛《えん》として旗本か大名にでもありそうな名がつけられているのも、その時代が想い遺られて面白いではないか。ちなみに本書の刊本は今日伝えられていないらしい。

『あづま物語』寛永十九年または寛永二十年の刊本であるが、今日伝えられてあるのは大田蜀山の蔵本であったのを、石塚豊芥子の文庫に収められて、それを種彦がまた影写したのが帝国図書館に一部蔵されているだけで、その他新吉原玉屋本と称するものがあった筈であるが、吉原度々の災火で残って居る筈はないから、今日この原本を所蔵するものはおそらく天下に一人もなかろうと思う。作者は署名はないが、近時の研究に拠れば元和に書いた『徳永紀行』の著者徳永種久《とくながひさたね》の筆のすさびになったものであろうかとの説である。果たして同人の作とすれば、『あづま物語』と同時に開版された『色音論』（一名『あづまめぐり』）は出版も同京都の出版書肆であり、その文章も全く同人の筆として疑いないものである。ただここに不審なのは、『徳永紀行』には筑後柳川の藩士とあり、『あづま物語』や『あづまめぐり』を書いた時には、既に二十五、六年の後であり、且つこの時は奥州信夫《しのぶ》の郷に心なく暮していたが、はるばる江戸に上って来たとあるのは、如何にしても腑に落ちない両者の関係である。無論口調や文体は酷似してはいるが、年代の隔たりと、郷里の差違には疑問の余地があるように思う。あるいは柳川から江戸に上り、更に東奥信夫に故あって余儀なき年月を送っていたのだったかも知れない。が、年代の隔絶は如何にしても不審である。今日伝えられて居る影写本の挿絵は如何なる程度まで、その真を伝えて居るか疑問であるが、前記の『あづまめぐり』刊本の挿絵と大体大差なき様である。

本書は後世に見るような単なる吉原細見でなく、名の示す如く一種の物語で、打ち続いた戦乱の後を追懐して、人生の無常観や悲哀観がたどたどしい文章の上にあらわれているなどは、当時の世相の一面を物語っている。近頃ではあまり珍しいものではないが、左に本文を少しばかり参考に挙げる。

全部の目次左の如し。

一、あづま男上らうと問答の事
一、たゆの　そろへの事
一、はし　そろへの事
一、あげや　そろへの事
一、たいこもちの事
一、しんぞう　そろへの事
一、かうし　そろへの事

一、上らうや　そろへの事
一、とられんばうの事
以　上

あづまのかたはらにおのこ一人ありけるが、或時心に思ふやう、人間五十年とはいひながら、老少不定と聞く時は、あしたに紅顔あつてせいろに誇ること皆これ有為のならひ、石火の光り、水の泡、河岸に根を離れたる草、それのみならず朝顔の花の上なる露よりも、猶果敢なきは陽災のあるかなきかの身をもちて、草深き遠国にて、埋れ木の花咲く事もなく、一生を徒らに送らんことを悲しみ、虚空行脚と心ざし、寛永十九年の夏の頃、故郷に名残つきせねど、思ひ立つ田の旅衣、足に任せて行く程に、武蔵の国花のお江戸に着きしかば、ある傍に旅宿して明けければ、一見の為め供とする人一人二人、上野に参詣仕り、御宮たちを伏し拝み、げにやらん御山は御城の鬼門をまもり、悪魔を祓ふなればとて、比叡山をかたどり、東叡山となん申しける。――足に任せて行く程に、袋町にいたり、猶ゆきゆきて見つれども、行く先更に白雲の、たちわづらへる風情して、彼方を見る所に、御年の程十五六、十七八ばかりの上﨟の、遣手禿を召連れられ、御ものずきなる帷子に、いろいろの御帯の広さ五六寸あるべきを、前にて片手給びになされ、よしの初瀬の花紅葉、かとりのきぬの空炷《そらだき》は、衣香薫じみちみちて、気高きさまにて通らせ給ふ。あづま男見奉り、かほどゆゆしき上﨟の、腰車にてびびしく通らせ給はずして、よその見る目も憚らず自ら運び給ふこそあやしさよとぞ申しける。或人の曰、この人々と申せしは、御かたち容顔美麗にして、世にもためし少なき川竹の流水に沈む浮身となり、今この所に住み給ふ。あれを通らせ給ふは太夫、これなるはかうしの君、さてまたはしの上﨟なり。何れにおろかもあらざる君達にてましますが、かみを敬ひ奉り、自ら運ばせたまふといふ。あづま男扨は白拍子にてありけるぞや。――いかなれば太夫、格子、はしとは申やらん。或人答へて曰、形ちかたの如くにて今様を歌ひ、朗詠し、扇子おつとり一節しほらしく舞ふたるを太夫と名づく。少し品劣れるを格子と名づけ、はしといふ。さて又くつわ貧しくて、するわざも叶はねば、はしとなし置くもあり。然れどもあだしよの昨日までときめきし太夫はしになれば、はしまたけふは太夫となり、定めしことの定めなく、昨日は今日のむかし、あすの上はたのまれず、これにつけても世の中の、人の心のつたなくて、いつまで草のいつまで、思ふ心の果敢なさよとぞ申しける。あづま男哀れその人々のありどころ教へさせたまへといふ。或人答へて曰、これこそ、江戸町のおやぢとて吉原のあるじにてましますといふ。あづま男さてこの局はいかにといふ。ある人答へて曰。これみなはし上藹のうきすまいなりとぞ申しける。

△ゑど町

一おやぢ内　はし　あはぢ、まんこ、まんよ、おはな、おまん、では、おせん、こはた、よしの、たゆふ、いおり、とし二十三

ある人の曰、格子のうちにして、さもいつくしき御かたち見えさせ給ふこと、あめが下にかくれなき名高き君にておはします。まづはりあい第一にして、御姿いふにたへなれば、したはざるといふ人なし。哀れこの君の御名によそへ、一首つづりたまへとありければ、あづま男とりあへず、

君あらばしばのいをりにねもしなん
　ひじきものにはそでをしづくも

原本は全文平仮名であるが、便宜上漢字交じりに収めた。文体は不完全ながら七五調を用いているなども注意すべきである。文例に引用した遊女名よせに、必ず一首の狂歌に遊女の名を詠み込むのが特徴で、これが後世の遊女および野郎評判記類が踏襲の素因をなしているなども、注意すべきであろうと思う。本書の記する所に拠れば、当時太夫《たゆう》七十五人、格子三十一人、はし八百八十一人、惣合九百八十七人で、約千人それに遣手禿《やりてかむろ》の数を合算すれば夥《おびただ》しき数に達することであろう。当時の悪所の全盛や妓風を知る上に重要な役目をする貴重な文献資料の一つとして特筆すべきである。

『こそぐり草』と『空直《そらね》なし』：二書共に京島原の遊女諸分を記したもので、前者の刊行は承応二年の春で、執筆はおそらく慶安末か承応元年であろうから、現在では島原花街本の最古の部に属すべき稀覯書の一つである。共に『色道大鏡』の引用書目に見えて居るのみで、好色本通の柳亭種彦もこれに就いては一言も及んでいないから、無論未見書であったであろう。しかし、惜しい哉、本書の上巻欠本で、下巻しか見ていないのが遺憾の極みである。ただ端本《はほん》ながら、後序と年号があるので何より嬉しい。本書また一名『島原しかけかた』ともいう。後半の下巻には遊女のたしなみや、客を遇する手管《てくだ》の数々、また閨房《けいぼう》の情事なども、時代が時代だけに、露骨に描かれて居る。当時の遊客に、公家殿上人などのやんごとなき連中なども、混じて居たことなど本書によって立証される。後者『空直なし』は前者よりやや遅れて寛文三年の印本であったものを、名古屋の平出泥江亀寿の手によって影写保存されたものであるが、これまた欠本で、前半を欠く。第一章から二十二章で終わって居るが、稿者は十四章以下終巻まで見ただけである。内容また前者の亜流で、やはり島原遊廓の諸分を記したもので、例の『色道大鏡』などの有力な参考資料となったものであろう。今左に『こそぐり草』下巻の目次を参考に挙げて見よう。

一、かげことの事　　一、ものいひの事
一、物くひの事　　一、にほひの事
一、あひきやうの事　　一、同座に知音あまたある事

一、いやなやつふりやうの事
一、しんじいちかひの事
一、女によばるる時の事
一、ちぶみかきやうの事
一、いなかしゆあひしらひの事
一、ふかくしうだ人かしまぬをみる事
一、さぶらひ町人見わけの事
一、年よりあしらひの事
一、ねぶりの事
一、そらせいもんそら起請の事
一、知音へつかはす誓紙前書の事
一、そらなきの事
一、始めてなるる人高下見わけの事
一、くげ殿上人あひさつの事
一、坊主衆見わけの事
一、諸職人にあしらひの事
一、ざもちしほあひの事
一、ほれぐすりの事

以上の目次によってもほぼその内容が想像し得らるる如く、遊女の手管を示した一種の教科書である。これらが後の『寝物語』や『浪花鉦』の先駆者であったことは言うまでもなかろう。本文の一節「ねぶりの事」は、遊女接客の情事を描いたものである。

かまへてや、ひじのうちのびじぞ、あなかしこ、人に語るまいぞや、先新枕ならば、男を先にねさせ、女は枕元に、とぼし火に打ち向ひ、煙草をのみ、寝たふはあれどはづかしいと言はずに、ふりにもつべし。然れば男一度二度はお寝やれと言はふ。それにもなを恥かしぶりを出し、いもいね給はず、おもてよはく、わに給はば、男もせいておよりませいが五度ほどになりなば、さて女、男の左の方のこつまをひきあけ、裾の方より懐中へいるべし。相構へて相構へてゐりひきあけて、これよりといふとも、胸の元よりいる可らず、もしあしき匂ひなどもする物じや、大ほうには、男北向き、女は南に向いてねねする物じやげな。古より女を北の方といふは是なめり。その後、うるはしき物語などして心をおかすべし。手枕をさせなば、重くもたれぬやうにたしなむべし。さて話しのうちになにとなく足をくみ合せ、ひしひしとしむる物ぞ、一物おこらざるうちはあはれらしき事かりにも更に言ふべからず、又よひのむつごとより、暁の鳥かねを聞ては、あかぬ名残を惜み、冷なるきぬぎぬになれば、別れを深くいとひ、袂にすがり、やがてなどこまごまと暇乞ひし、門の際まで送りていで、人こそ見れ、是よりはいりまするなどいひて、それをたしなみぶりもなく、むつくりとしたる人こそ、男も嬉しからう。いと惜しからう。これは新枕の事よ、さて常になじみ思ふどちならば、何事に構はず、ひしとだきつくべし。さりながら女の尻は必ず冷たきものなれば、そのきづかいあるべし。さしてつめたき所は、男の身にあてぬやうにたしなむべし。其後もあたたまり、肌もうるはしく成て、はなはだおこる時、ちと男をせかせたい物じや、いやいやそれはあぶない事よ、坂の上より玉を走らしむるに似たり、本意なく残り多き事もあるべし。ただ女の方よりひきあげまし、又一戦企つる時、そもそもよりないつよがるはならびなき故なり。労して功なしとやらん、ただ序破急の心もち大事ぞや、はしめをいかにもゆふに、にこにこほほゑみ、中ほどにさざなみの如く笑ふとも見へず、顔へきをあげよがるべし。おさむる所は急々たるべし。しめにはしめ、ゆるめにはゆるむる物ぞ、いきつがひそぞろ、声かほのくせ、何れに心ゆるすべからず、事こまかなる事は、防内散に見えたり。又爰に一ツのならひあり、肌を合せてさすべし。肌合ざれば匂ひするはまことなり。あとより風をすかせていきごもらぬやうにあるべし。ことにしまひてをりざまには、男のものをよごさぬやうに、すきとぬぐふて、則それをわか前にふたする如くにをしあて、あいびきにひくべし。又一物のあまりむさむさと、けがちなるはわるし。殊に一義の後いてものところまたらにつきたるは、ひげがちなるてなへの、濁り酒をすすりたるやうにてきたなし。ひろくをへなば速に下がりし、けながくばごまの油のしそくにてやいするか、石を合せてすりきり給ふ事肝要か。

ほれぐすりの事

これほど心をつくさずば、多くの人の妾にはなるまい、それそれにしたかはざる故に、春の日のくれがたき事を恨み、秋の夜の永きをかこち、ともし火を壁にそむけ、よふくる迄かうしにさらされ、まどうつ雨になみだを催し、とはぬもつらし、とふもうるさしのありさま、何れも思ひの中だち成るべし。あさましあさまし、とても事に秘伝のほれ薬を伝へ侍る。

思乱散

一、たしなみ　十りやう
一、みめ　一りやう
一、すがた　二しゆ

一、なさけ　　　　　二りやう
一、目もと　　　　　三ぶ
一、心　　　　　　　六りやう
一、しやうぞく　　　十二りやう
右当世のことばのやはやはとしたるを加へて、此薬をふりかくれば、いかなる鬼神田夫野人貴賤の僧俗、都鄙の老若又は腎水衰へたる人も、男と生をうくるたぐひは、くれぐれとあやなくなりてあふ事甚し。三十二相八十種好といへども、限る所はこの薬じや、枕すべし枕すべし。思ふ事言はねば腹ふくるるよなふ。

またもって当時遊女の心得、身のたしなみ、姿容の価値如何を知るのバロメーターとして面白い。姿が二朱、目もとが三分の如きは、現代の美人相場とはあまりに懸隔がある。何はともあれ、装束が十二両、たしなみ十両、心六両などは当時の風尚であったであろう。

『寝物語』と『吉原鑑』：前者は京の島原物、後者はいうまでもなく江戸吉原物の一種である。『寝物語』は最近の発見にかかる珍書の一で、明暦二年「政開板」とあれば、本書の前年に開版したやはり島原物の一種『桃源集』などと同一書肆から発行されたもので、且つ後者の『吉原鑑』なるものが、『寝物語』の二度の勤めで、京の島原から江戸の吉原へ倉替えした風来者であることが、『寝物語』の発見と共に暴露した訳である。ただ両者に異なる点は、『寝物語』には三葉の挿画は無論師宣ではない、上方本特徴の画があって、一章より三十章に至る遊女手管を記して、一々遊女の談話に擬して、章ごとに遊女の名を挙げていることは、『吉原鑑』と同様で、ただ本書の異なっていることは、各遊女の年齢を書き加えてあること『吉原鑑』は二章不足しているだけで、その他の章句はほとんど同文で、まま数行の省略がある。また一見して本書が『寝物語』という島原物を吉原に移植して、師宣の姿絵を各遊女毎に挿入し、狂歌を題詠として江戸鱗形屋《うろこがたや》から開版されたものであることが判る。左に参考として本文の一節「鵜羽重」と題するのは、遊女が客を遇しながら、真夫と密会する例の手管を描いたものである。

小藤　とし三十

［第四］或人の問云、同じ揚屋に知音二人あり、一人と約束いたし咄し申時、今一人あとより来り申事有、此次第は如何。小藤の云、うのは重と申事有、此手にて後の男にあふと云、先の男あさより来りいる。又後の男来る。あひに行く事首尾なくならず、又よこきらせんも此男すこしもうごかせず、此時は飯喰ひ申中比に、腹痛きとて飯食はず、禿に薬なで乞ひ申事有、其時あげや出て御立なされ、薬御のみと申時、此傾城立て薬のむ顔にて、右の男に横きらせ侍り。此品数多有る内、あらあらかくの如し。

（ちなみに云う、最近『寝物語』は稀書複製会から復刻されている。）

なお『吉原鑑』は万治三年の刊行で、前者と異なる点は、巻首に吉原細見図が附されてあり、遊女の名が全部替わっているなども注意すべき点である。

『新町おかし男』と『吉原伊勢物語』：前者は言うまでもなく大坂新町に於ける嫖客と遊女

との諸分を描いたもので、寛文二年京都寺町山田市郎兵衛《やまだいちろべえ》から開版されたものであるが、後者は前者を再版の折、所々都合の悪しき箇所を改め、大坂新町を江戸吉原に移して前記の如く外題を更《か》えたもので、あたかも『寝物語』と『吉原鑑』との関係と同様である。それが為め、後世余計な手数を煩わすこと一通りでない。もともと大坂新町で納まっていたものを、そのまま風土人情殊に遊女名町名を異にする江戸へ持って来たのでは、納まろう筈がない。書中所々馬脚をあらわしているなどは呑気千万なものである。それらの差異に就いて、管々《くだくだ》しき考証は省くとして、本書は元来『伊勢物語』を模擬した寛永頃の作『仁世物語』を、遂語訳的に真似したいかがわしき擬本である。文章また晦渋《かいじゅう》にして、難解の箇所多く、作者は雛屋立圃《ひなやりゅうほ》の画作ではないかと言われている。上下巻を通じて百二十六段あって、一段毎に狂歌一首もしくは二首を添えて、『伊勢物語』式に和歌を骨子としたものである。またこの『おかし男』の擬擬作に貞享に開版された『好色伊勢物語』五巻がある。『吉原伊勢物語』は完本を見ないので、刊年未詳であるが、貞享二年の『広益書籍目録』に出ているから、それ以前に刊行されたことだけは判る。あるいは寛文末に江戸で再版されたものではないかと、柳亭種彦は言っている。次に

『おかし男』および再版の『吉原伊勢物語』の文例二、三を挙げて見よう。

六十九　おかし男（下巻）

おかし男ありけり。其男伊勢の国より買物に来たりけるに、かの伊勢のあき人なりけるおやかた、つねのわかき物より、よくたのむといひこしければ、宿のことなればいとねんごろに馳走しけり。あしたにはかひ物にいでて、夕暮には新町へかよひけり。女郎はなしたき心や出来けん、かりてあわんといふ。女郎もまいりてあはんとおもひければ、ちいんしげければえあはず、此男かねある人なれば、すこしも宿を出さず、女郎のへやもあきてありければ、女郎ちいんをたらして、又男のもとへきたり、男をしつほりとふづくりけり。男へやのとをみれば、夕月かがやきければ、ちいさきかぶろをさきに立て、人めをふせぐ。男いとよろこびてなんありける。女郎はねやを出てかの男のもとへ行。男われうけいださんとおもひ入てあり。そのうへまたなに事もかたらはぬにかへりにけり。男いとかなしくてうらむなりけり。女郎わけてかなしけれど、せんさきのちいんに、かぶろばかりやるべきにしもあらざりければ、いと心もとなくて行ければ、はらをたて候

とて、一たびはわびにけり。かの男日もくれるに、まだいぬべきともなければ。女郎のもとより
せかせて、かぶろにいひやる。

君をくれ日もくれければ番守の
たいこをうつかねてかおきてか

男いたうせきてよめる、

まちくらす心のやみにまどひにき
たいこうつともこよひさだめよ

とよみてやがてかへり、買物にありきけれど、心はそらにて、こよひ友人あつめて、なにとかお
どりあそばんといふに、宿のかみが聞付て、かひ物のつかいにきて、夜は夜もすがら酒のみ、昼
はひめもすしんまちぐるひめさるとて、しかりければ、もはやかふ事もえせず居る。又わきには
おはかへたちなんといふ人もあり。かの男もさん用あはざりければ、いとくるしく人しれぬ血の
なみだをこぼしながら、女郎の事はわすれず、やうやう国にかへらんといふに、女郎のかたより
おくるはなむけに、歌をそへてやりたりけるをみれば、

たひ人おもへとあはぬ身にしあれば

とかきてすへはなし。とりあへず、まつの木ずみにてすへをかきつく。

また相坂の君はわすれぬ

とて、おくればおはりの国までこえにけり。あき人は水上徳兵衛といふものの弟と。

三十三　吉原伊勢物語（上巻）

おかし新町ゐんきよのこうしにかよひけるに、女郎京町へ行くは、又くるとをもへるけしきなれば

男、

みうらより見つるしほかまいやましに

君のすがたをながめますかな

返し

こもり江におもふわが身をいそのかは

うきふねうれとさしてしるべし
難波人の事なればよしやあしや。

以上は両書の引用文例で、原本そのままの仮名遣いで、かなり無茶な遣い方をしている。上巻の『［吉原］伊勢物語』には前記文例に見ゆる通り新町ゐんきよ、格子（女郎）京町などはすべて再板の折、入木したことがわかる。それらは『おかし男』の大坂新町では都合が悪い。それ故『吉原伊勢物語』に都合のいいように圏点の部分を入木したもので、いずれも吉原附属の町名家号などである。

前記『おかし男』と前後して吉原物の一種に『高屛風《たかびょうぶ》くだ物語《ものがたり》』と題するは、当時の名ある遊女の評判記で、兼ねて廓の風俗諸分を記し、特に三浦屋の二代目高雄［一般的には高尾の表記で知られる］（俗に万治高雄という）生前の逸話、死後の追善などを中心とした物語で、当時の吉原を知る上に於いて、貴重な一文献である。著作年代は万治三年以後寛文初年頃と覚しき確証は、内容から推し得らるるのである。本書の特長として、優秀なる数葉の師宣風の挿画が、錦上《きんじょう》更に花を添えたる観がある。

『吉原失墜』と『吉原恋の道引』：共に延宝年間の開版で、前者は二年、後者は六年、その間三、四年の相違がある。が、延宝年間の数ある吉原物中の戯作としては上記二書は代表作ともいうべき観がある。他は悉く雑著・評判記・細見記の類で、その書名ははしがき中に既に七、八種を挙げてあるから再記を省くとして、この年間にかくも多数の吉原案内書の開版された事は何を意味するか。或る論者は、これを以て延宝の新吉原全盛に一段落を画するものと言ってるが、果たして然るや否やは俄に首肯出来ないが、吉原案内書の多く産出せられたことは、空前絶後ともいうべき立派なものが出て居る事は事実で、一つはこの年間に浮世絵界の巨人菱川師宣がもっとも活躍した時代であったが為め、利を射るに敏なる商人が娯楽書に欠くべからざる姿態の優美を表現せしむるには、何を措いてもまず社交の魁たる花柳界を題材としたものを選ぶは自然の赴く所で、延宝度の新吉原の全盛と花街書の盛行とを強いて結びつける必要はなかろう。これらはむしろ一浮世絵画工菱川師宣一管の筆の力能く花街書の全盛を左右し得たものと深く信ずるものである。『吉原失墜』は例の兼好の『徒然草』に擬した物語の一種で、後の元禄二年に出て来る『新吉原常々草《しんよしはらつねづねぐさ》』の如きは内容形式共に本書をそっくり模倣したものである。『失墜』とは徒然草の鉄槌にならって、自註を加えたが為めで、その註釈には参考とすべき点が多々ある。今日伝えられてあるはおそらく写本のみで、原刻本は種彦当時既に稀本として竹本某が一本を蔵するのみと言っている、それを底本に影写した種彦の手択本《しゅたくぼん》が伝えられているのを、最近閲覧することが出来た。往年『未刊随筆百種』第五集に収められていることは世間周知のことである。文例として左に序文と、本文を挙げて参考に供す。原文のままを引用する。

失墜序

よし田のけんかうのつれつれ草はもんたんのかんせいなるはかりにあらず、そのひじりいたる所をすすめ、老子の心楽に得るみちをあかし給ふ也。されば文情のふかき事のみなればそのこころを抄して鉄槌となづく。言詞のかたき所をうちくだくの意趣とぞ。爰にその筆法を似せよしはらつれつれ草といふあり、これ又その水にいたる所をすすめ、労心の一楽をえんいきちをあかす。誠や御こころはよし田おけんの筆勢をにせてかきたれば、われらごときのぐちなるどんさいつらは了簡しがたきゆへ、これもその心いきを抄してしつついといふ。これぞ鉄槌を評すではなうて、むようの書をつくりむようの事に白紙をよごして、ひたすらのしつついをなすの意趣のみ。

（以下本文）つれつれなるままに日くらし硯にむかひてこころにうつりゆくよしはら事をそこはからしく書つつればあやしうこそいとおかしけれ。いでやこの世にいたりてはねがはしかるべき事こそきんなんめれ。太夫の御全盛はいともかしこし、竹の連子の住ゐまて金常のしなうらぬそやんごとなき。かうしのうちはさらなり、はし衆も節句なとしまひたるきわはゆうしと見ゆ。そのほか本庄のよこぼりまてははづれにたれとなをなまめかし。それよりわきつかた度々のせんさくにあふて忍びかほなるもみつからはいみしとおもふらめといと口おし。びくにばかりこのもしからぬものはあらじ。人にはきのつきのやうにおもはるるよとある人のいへる、げにさることぞかし。ぼうしのさますけかさのきなしたるにつけていみじとはみえず、みな人云けんやうに、よせいらしくびくにのおきてにたかぶらんとぞおぼゆる。一向の御座やものは中々かはまほしきかたもありなん、上ろうはかたち心さまのすぐれたらんこそ人のめだつべかめれ、物うち云たる聞にくからず、あひそううらしくやきでおほからぬこそあかすむかはまほしけれ。めでたしとまよう上ろうのこころを取せらるる本性みえんこそ口をしかるべけれ。しなかたちこそ生れつきならめ、こころはなどかはし衆より太夫にもうつさばうつさざらん、容心《かたち》さま大形なる上郎もちいんなくなりぬれば、くさげなるのうれんにたちまじりて、きれきれをとらるるこそほいなき事なれ。ありかたき事はおもしろきいきはり上ろうのかかみならんこそいみじかるべけれ。手などつたなからずちらし書、こえたをやかにふうよく唄ふものから、下戸ならぬこそ床いりはよけれ。

『吉原恋の道引』：初めの半丁に序文、末の半丁は跋文、総紙数二十一丁の絵本である。その上部に遊女の紋所一丁に六個宛、総計百二十を収む。その下方約三分の一を破風形の源氏雲に取りて吉原案内を略叙し、他の大部分は廓通いや、廓内の風俗など心行くまでに描かれている。本画は申すまでもなく落款はないが菱川師宣で、文字の書風に至るまで見事な出来栄である。

書と姉妹篇とも見るべき開版年月も版元も、同一出版書肆より出ている『古今役者物語』と全く同じ体裁である。本書は吉原物中の尤物《ゆうぶつ》たるばかりでなく、花街書中本書の右に出ずるものおそらくあるまい。そして師宣の数ある絵本中でも傑作の一つであることは言うまでもない。

さてその内容は、最初に「駄賃の事、浅草観音の事、同うら門、金龍山、船みち、泥町、大門口、つぼね、さんちゃ、かうし、あげや行、あげや」など当時の風俗が手に取る様に、画図と文章と相俟《あいま》って花実双美《かじつそうび》の観がある。元禄以前の吉原研究はもちろん、江戸の時世相を知る上にも欠くべからざる好資料である。左に序文と本文の一部を抄録しよう。

(序文)それ此道といふは、しれるもおろか、しらざるもなをおろかなり。それを、いかにといふに、先恋の心なき人は物の情をしらず、子をもたねばおやのいとしみもさだかにしらざるにひとし、ただ此道はあしきとばかり心得、ひたすらに制するもむげに心なき事也。爰に若人の座配ふつつかにして、艶《やさ》しき事ばかりにもなく、でんぶ野人の振舞、鳶からすのつかみぐらいにことならず、声高に大笑、どつひわつはとくるひさはぎ、かくあらけなき人がらも、此みちにまじはれば、かの君此様のけだかきに恥かはしく、おのづからたしなみ、きやしや風流をこととし、かりのたはぶれにもいやしからぬは、此道の徳意ならずや。かくいへはとて、湯気に乗じ、一生を楽しみ、金銀を夢ばかりなる手枕に、千とせもそひ顔にやきとられ、あたら人たる形をやつすは、なほなほおろかならずや。とにかくにもその中をとりて、そこをよい程にし給はば、なにがなにが悪しからん。さらば案内のために恋の道びきをなんしるし侍る。

(以下本文) まどひは人間のたね、又は身をうしなふのもとなりといへど、人は人ほどになきも、又おろかなるわざ也。むさしの国こづか原にさんやといふ野しり、いぶせきかうげんの、かばねをあらそふ犬の声ならでは、おとづる事なかりしに、明暦の頃より吉原此所にうつされ、爰に天女遊舞のすみかとなれり。られうきんしうのよそおひは、紅花の春の朝にたぐへ、紅葉の秋にことならず、糸竹呂律のおとのみに月日のうつるを忘れにき。されば此所に老若心をうつし、此橋にたちやすらひ、しのびやかにふねに棹さしてかの地にわたり、年月のうさを忘るるは世にすむ又ならひなるべし。

地上の天国、肉の世界の歓楽郷を表現した恋の道引であり、案内記である。流石の著者も罪の仕業と悔いてか悟ってか、跋文に

——一たびは勧め、一たびはとどむれば一念ほつきと折れ、ひとがらもよく、座敷つき、たたみさはりもよろしく、当座の人あひもよかるべし。爰を以一念身だもち、そくめつ無量罪といへり。とくとそこを得道して、いましめととむべき者也——

とはよくもほざいたりける次第かなといっておかんかな。

『たきつけ、もえぐゐ、けしずみ』は、延宝五年の開版で、原本は縦四寸三分、横六寸四分の枕本型上中下三巻の挿画なきものである。筆者は何人か知れないが、泉州堺の住人という事だけが中に見えている。後に出で来る『島原大和暦』に

――さる尼ありて語りし事などかきしるして、たきつけ、もえぐゐ、けしずみと名づけ三巻になしぬ、はやみの業《ごう》もいざしらず、われ肝つぶし、さてはたきつけの作者かという。いかに数へんみしに、またうしろにもまなこほしくぞおもふ云々――

とあるので、両書共に同作者の手に成ったものということだけは確かである。本書の内容は、上巻「たきつけ草」は、老若二人の通客が、島原帰りの途中、かの里の粋咄の物語を聞いて書き綴るという。それより四年を過ぎて更に前書「たきつけ」の評判記とも見るべき「もえぐゐ」がそれであると書中に見えている。次の下巻「けしずみ」は西の京に行い済ませる中年の尼僧が、曾てその前身は遊女であったので、問われるままに昔語りをして、通客の心得となるべき手練手管を説くという趣向で、中古文の典雅な文脈から色道の粋を説かんと試みたのが本書である。特に注意すべきは、下巻「けしずみ」の主人公たる尼僧の昔語りは、かの浮世草紙創始者井原西鶴の『好色一代女』は全く換骨脱胎したものではあるが、大体本書にヒントを得て、あの数奇な運命の淪落《りんらく》の女主人公が出来上がったものではないかと思う。あの一代女の

「老女の隠れ家」の書き出しの如きは、全く「けしずみ」と同巧異曲に成ったもので、一は淪落の生涯を物語り、他は淪落の半生を顧みて色道の粋咄を若人などに語るの差はあるが、共に淪落の前生涯を物語る点は同じ行き方である。本書も今より十年前に国書刊行会本の一部に出ていてあまり珍らしくはないが、一代女に酷似している「けしずみ」の巻首の一章を文例に挙げて見る。

むかしにあらぬ今の世の西の京に女ありけり。その女余人にかはりて容《かたち》よく、心ざまやさしき流れの果ての墨衣、心か染めなし、一つの庵をしめて、行ひ暮せるになんありける。われもさる好者《すきもの》なれば、弥生の初めつかた、花を尋ねし帰るさ、夕月夜の覚束なき程にかの柴の戸に立ちより侍りしに、きせる取出しては、一ぺんの霞をくゆらせ、茶を煮ては大空の雲の波を泡にふり立てたり。所といひ、住居といひ、また昔の袖の香もなつかしくてその夜はそこに語りあかしぬ。さてもそこの御身、未だ頭に雪を頂くべき齢とも見へず、眉に霜を垂れぬべき姿にもあらぬに、かく世を捨ててかすかなるありさまは、何故にかと問ふ。「尼答へて、されば世のことはりを思ひつづくるに、六条の春の花も遂に夕べの風に塵となり、朱雀の秋の月も暁の雲に影を残さず、昨日は二葉なりし禿松の末も、いつしか太夫の色失せ果てては、千年を待たで遣手に下り、梅の花かうばしき匂ひも、齢傾けば姿の花を見捨つるかりがねの、北向の空にもうつるぞかし。兎につけ角につけて、頼まれぬ浮世、定めなき人心なれば、かの里の苦患を逃れ出ると否や、緑なりし黒髪も断り捨て紅ひの衿をもやつし、かくはなりはんべるぞかし。まことにありしすまいの憂かりし事を思へば、今はとても寝ざめがちにこそと打ちうなづく。

本書の名は『色道大鏡』を始め、『好色二代男』、『真実伊勢物語』などの好色本系の浮世草紙にいつも引合に出るのを見ても、当時如何に本書が珍重せられたかが推知出来よう。次いで本書と前後して開版となった『浪花鉦』と共に、上方に於ける花街系の特殊文芸として最も注意すべき二大作品である。

『色道諸分浪花鉦』と**『古今若女郎衆序』**：前者は延宝八年の刊本、一名『諸分店颪《しよわけたなおろし》』（刊年未詳）、

更に元禄七年には『好色罌粟鹿子《こうしょくけしがのこ》』と外題替えをしている。また以てその行われたること推して知るべきである。例の種彦は本書に就いて

――『浪花鉦』六冊、一名『諸分店颪』刻梓の年号ある未見、延宝六年写本『色道大鏡』の引用に見えたれば、当時の書なるべし。大坂新町の事を書きたるものなり。西鶴作とあるは後人の彫入れし物なれば、これは信じ難し、されども実に西鶴歟、猶考ふべし。或人曰、予が蔵書「なには鉦」古く摺りたる本にて、左の如く年号あり、延宝八年申三月水月庵迷色居士かな序、一生軒不埒後序、文中に作者の名西水庵無底居士と見えたり。巻尾に洛下南華軒の跋あり云々――

とある。西鶴作か云々は考うるまでもなく問題にはならない。著作年代は延宝六年写本『色道大鏡』の引書にあるくらいだから、少なくとも延宝六年前に写本として行われたことが推想し得られる。作者は西水庵無底居士とあるだけで、何人の戯号か知る由もない。内容は大坂新町の時めく遊女の名を挙げて彼らの口説や手管の諸分、遊客の心得などを問答体にした、いわゆ

る遊女遊客手引草もしくは案内記で、兼ねては新町細見記にも応用したものである。文例として西鶴の『一代男』七巻「其姿は初むかし島原古の高橋事」の一条の物語は、本書六巻「身の代　たかはし」から思いついたらしく、遊女の名まで同名を用いたのは暗合《あんごう》か故意か、兎に角不思議な一場面である。今それを参考に挙げて見よう。その他仔細に調べたなら、まだ出て来るかも知れない。

身の代　　たかはし

侍「近頃いひ兼たれども、身は田舎者なり、殊には奉公人の事なれば、重ねて首尾なり難い。残り惜う思やろずれども、けふはいやでもおうでも高橋殿を貰ふ。いやかおうかを言やれ。男「貰ひ貫はぬは女郎の作法なれども、いかにお手前侍じやとても、近づきでもなふて、理不尽に踏みこふでももうやる分では、神ぞ首はやるとても高橋はならぬは。侍「して成らぬか、八幡大菩薩是非にもらはねばきかぬ。なま見られぬ素町人の分として、いけ首にへだて金が望みか。あげや「是は是は何とした事でござんす、左様の事では私が身代が果てます、殊に恋の道を、さやうにあらけなふはせぬ事でござります、御堪忍なされて、互に談合づくで遊ばしませ。男「如何に侍でも男たる物に反りを打つて威しやるは堪忍成らぬ。しかしながら揚屋の為がわるい。おれも思ふ仔細がある、きちがいさうな、かまはぬ程に、気遣ひしやるや。侍「高橋殿けふは私があひます、さう心得さしやれや、素町人めが悪い、慮外千万な、高橋「して訳は済みましたか、それならば我身そなたへ言分がござんす、尤首尾成り難い御身でござんすれば、ことわりながら、けふ御目にかかりますれば、そなたもわが身の男、今の人も男でござんす、勤めの身なれば定まる男こそ持たね、何れも馴染の男は夫婦同然の事でござんす、そなた様もあふ時は男なれど、未だけふが初めて、一夜も添はぬことでござんす、さすれば今のお人は最早久しい馴染なれば夫婦と同じ人でござんす、如何にわが身にほれさしやんして、あふて下さるが嬉しきとても、なじみにはかへられませせぬ、其男を恥かかせては我身は堪忍成りませせぬ、町人といふて笑はしやれども、この所がわるさに、こらへ悪いを堪忍していやります、此上は今の人に代る我身相手でござんす、覚悟をさしやんせ、男など恥かかせ、白癩《ママ》がつたい聴かぬ気でござんす。侍「なにとさうもあるまい。高橋「畜生めよ、己れ等が様な物にあふおなごでは無いさ、揚屋かか様、わが身はいにます、いとおしや、口惜しかろ、角様はいなさんしたかの、さらばや。あげや「お侍様けふが限りでござんせぬ、まづお帰りなされませ、どふぞ御取持致しましよ。侍「さてさて憎いやつじや、併し高橋は聞及だ程な面白い女郎じや何とぞ取もち頼む。まづけふは不調法して迷惑する。そのうち参るであらふさらばや。

『古今若女郎衆序』は前者と同じく大坂新町ものので、当時の名ある遊女を古今和歌集序に擬えて品評した戯文であるが、一面『浪花鉦』の附録とも見るべき観がある。出て来る遊女はいずれも『浪花鉦』に顔馴染のものどもばかりで、紙数僅々十一枚の片々たるものであるが、すこぶる珍本で、東京の某氏一冊を所蔵される以外曾て聞かない。普通ありふれた遊女評判記とは全く行き方を異にする点が本書の持ち味である。左に文例を揚げる。ちなみに本書は「序」とあるので、あるいは本文として別に『古今若女郎衆』と称するものが開放されたかどうかは不明である。

江戸歌は人の心をたねとして万の浮気とぞなれりける。世の中にある人あだほれしげきなれば、心に思はぬ事を見るもの聞くものにつけてくどき出せる也。花になつむ女郎、廓に住む乞食、いづれか恋を知らざりける。贅をもいはずして、末社をもやりてをも、目に見えぬくつはにもむつとしても、わけのよきやりくりと思はせ、たけき挑灯持の心をもやはらぐるは露也。此露後藤庄三郎より黒印を打けり。しかはあれども、世にかねもちすくなければ、あづまうけだす出本氏とはいはれず、(伊丹のものなれと京にあづまを置けり)又都の土にして八千代よりぞはやりける。千話やすき髪をきる迄は、女郎の心さだまらず、いぶりにしてもの心わき難かりけらし。爪を放し、指をきるよりぞ心中は大やう見えける。(八千代は尼になり、清松とて今は飛騨の国に歌作りしてやすく住ける。)歌「袖ふれしむかしは人の気もかねし今はけがなく飛騨るくもなし」かくてそさきを火にして花をもらひ嬉しかり、おつときたとて霞をひつかけ、わいわいといふて露をうたれ、心ことはおほく、さまざまになりにける。遠き所も出たつあしもとより初り、江戸は二丁たちから尻、京は六枚の早駕籠、高き愛宕山も麓のあま雲たなびくまでを下に見なし、のぼる如くに此道もかくの如くなるべし。難波津の野間屋の万太夫は今の女郎の初めともならんかし(阿波の国の人の妻と成て身まかりぬ）浅香山のなど丶ふることをも吟ししは三浦の高雄、奥村氏八千代（高雄は、江戸にて人妻となりぬ。小紫とは江戸のまねにて、島原より新町へ越けるに、九軒のはやりこともおろそかなりとて、喜左衛門もうけなどしたりけれど、すさましければ井筒屋のかか又あがりける女の盃取てうたふ故に、大阪大臣の心とけにける）此ふたりこそ女郎の母のやうにてそ手ならふ人の初にもしける。抑恋のさま六つなり、もろこしにもかくのたわけもあるべき、そのうつけのひとつには藤本素仙をそへたる恋人「難波津をのうやこのほん京のもの今は末社となるやこのほん」といへるなるべし。

二つにはかなしき恋「さく花こおもひつくせるあんふつは身のくつをほることともしらいで」といへるなるべし。

三つには露ちらす恋「君がけさあしたの露を打ていなばなんときにてもきみやきたらむ」といへなるべし。

四つにはふかまの恋「我恋はよむともつきじいたちほりの川のまさとはよみつくすとも」といへ

るなるべし。
六つにはひつかく恋「このとのはむへもとみけり何百両みつは四つはに家作りせよ」といへるなるべし。

以下遊女の評判記であるが長ければ省くとして、ただ巻末に本書の作者（『色道大鏡』著者）畠山箕山らしい口吻を洩らしているのが、すこぶる珍とすべきであるからついでに挙げておきたい。

――此外の人々、其名きこゆる女郎も四筋の内に品高く、又下れるはこまざらへにてかき集むる如くなれど、一座なければそのさましらぬあるべし。かかるに今随分のあなたこなた知る事十四五の頃より五十あまりになんなりぬるまでに家にもあまた熨斗を添、学びを見かき、あづまより長崎迄流れの身になれ、広き勤めの心は富士よりも高く、前のわけ知りといひ、もろもろのうそをも聞習ひぬ。あまたたび女郎の事所作をも調べ、彼の世にも伝はれとて、延宝七年九月十一日にかねないき、うわきのともなし、揚屋の裏の座敷を領り、やうきのつらの皮のあつ助、米屋岫雲かぐら庄左衛門にともなふて、何の集にも入らぬ深き女郎、それが中にも松の縁梅をかざすより、あばらやをかこひ、そのはしはしまで時鳥の初音の小歌をきき、紅葉の酒ふり、月の夜、雪の内の床のつめひらきに至るまで鶴亀といふやりての名につけて、女郎にながくあひ、禿をも祝ひ、夏はかどだちを思ひ、物参りをしては結ぶの神、誓言の神を祈りけり。かく大坂まで至りて、春夏秋冬の品に歌をなんえらむいとまなければ、大形に集め、「古今若女郎衆序」といふ。かくこのたび集め撰びて道頓堀の水のたえず、小浜町の真砂の数多くつもり、さざれ石の岩ほどなる悦びのみぞあるべき。（以下略之）

本書の刊年は延宝九年卯月大坂深江屋太郎兵衛《ふかえやたろべえ》の開版で、著作当時より二、三年後れて世に出たわけである。次に挙げようと思う『長崎土物』も同年の出版で、且つ箕山の著作だと言われている。かかる豊富な材料と経験を有った箕山あたりでなければ、こんな粋書《すいしょ》は出来ぬ芸当である。

『長崎土産』：延宝九年（天和元年）の開版であるが、梓行書肆の名はなく、京都で刊行されたものらしい。本書は延宝七年夏の長崎遊記を翌八年に追加し、同所遊廓の状況を絵入とした、特色ある遊女評判記であり、丸山案内記である。著者は戯名で前悪性大臣島原金捨とあるが、畠山箕山なること前述の通り、その挿画も多分吉田半兵衛かと想察されるのである。一、二巻は総説とも見るべき叙述法で、全国の遊廓遊女の評判を、老尼と問答体に記したもので、なかんずく、女を見る十ケ条、傾城買の四ケ条の如きは、遊里気質の秘伝を説明したものと見てよかろう。三巻には長崎の遊女には日本行、唐人行の二派があって、その頃の日本行遊女の最秀のもの十八を挙げて歌合わせに擬し、例の老尼の判詞をも添えて評判した如きは、従来例なき創意を加味した事を異とする。四巻には唐人行の名妓二十二人を、普通の評判記の体に倣って月旦《げったん》したものである。五巻に唐人唐人行の遊女外人に接見する情趣、揚屋の評判、その末に「物はづけ」にて廓内の事物について無遠慮に短評を加えたもの、追加に遊女の名寄およそ三百三十九人、うち太夫六十九人を挙げている。

要するに、本書は延宝以前に行われた遊女の評判記中の、あらゆる形式を取入れて、一種の新式遊里細見記ともいうべきものである。そして本書もやはり箕山の著として延宝六年に作成した『色道大鏡』の一分身と見てもかなり興味がある。またそれを裏書する経歴の一端が巻首に仄見《ほのみ》えてるのも嬉しき限りである。本書の筆者は云う、「予適男の性をうけ、しかも上京に生れ、父母には雛にてわかれ、兄なければは伯父も持たず、女房をよばねばむつかしき舅のつらも見ず、幸上下の口をやしなふほどは、手代がはぐくみて、けふは西の野、あすは東川原とさまよふ、前の世のたはけの縁や深かりけん、江戸は吉原三谷、大坂は新町、堺は千森高津、伏見は足もとにて、兵庫室鞆、下の関に至るまで、とにかく悪所の友を求て、終に見残したる遊廓なし。爰に唐土舟もよる波の音にのみ聞て、いまだあたりもしらぬひの心尽しの果てしなき、長崎といへる、むはたまの夢にも見ず、いかさも折を松浦舟の、帆下の風の便もかなと願ふところに、世に貨物といへる宝の市法定りて、都鄙の商人をうるほす。予も又りちぎなるおやぢが代に、折々しも下りもせし者にて、すきまをねらひてなけきしかば、下るべきにきはまりて、ことし延宝七年の夏の末、彼長崎の津に下りつきぬ。」とあるのは、その時の実況を叙したものであろう。著者は京都に生まれ、幼にして父母に別れ、兄もなければ伯父もなく、妻も持たず、生家は上下の口を養うに不自由なき身分だと言ってるくらいだから、気楽に遊んで喰べて行かるるだけの資力はあったものと思う。それ故全国の遊所は長崎を除いてはほとんど足跡を印しない所がないと、豪語しているなぞも、『色道大鏡』の著者ならではと推想されるのである。

本文の一節に、遊女の諸わけ中での虎の巻ともいうべき嘘の真実すなわち嘘から出た真実の意義について老尼の答えが面白く描かれて居る。

遊女はうその真をたてねば、つとめのうち必ずすたること有也。第一恋にて渡世をして、恋をしらぬものは傾城並揚屋轡也。先彼を買ふ人を見給へ、初よりほれて逢はなき也。二つ三つは人にもたれ行を、五つか十をになるは、恋したはねばゆかぬ也。女は本よりうき身のつとめなれば、魚売の朝早く起き、豆腐売の夜すがらもてありくに同じ、小夜の寝覚のねふきにも、おもはぬ事のみいはねばならぬ也。其内云そこなひ、仕そこなひ、めの前うそとしれても、鷺を烏と、云とをらねばならぬ行掛有也。然るを彼うは気男は、本より真事の恋よりいれば、うそを云、にくしきたなしとて、こらへずして脇差の柄にも及ぶと、たとへばだましにもせよ、真事にもいへ、千死一生其座にきはまる事有也。其時命をおしみて、にげまはりては傾城はならぬ也。末三十年を損にして、死を爰に極むるをうその真と云也。それを彼たはけ男、まことに切殺すを、又阿房友達打寄評して云、遊女にもうそばかりはなし、かかる心中の女も有など云り。是は蜘舞の舞摘じて、落て死たるに同じ、今の世の女になすらふべきにはあらねど、むかしも今も遊女の行方は一筋有也。一とせ静御前を鎌倉に召されし時、若宮八幡にて一さし舞ふべきよし、頼朝より仰出さるるといへども、義経のはりを思へば舞はず、日ごろかまへし舞台桟敷もむなしく、将軍をはじめ、諸大名機嫌以の外悪きといへども、さらにかまはず、笑止さのあまり、助（祐）経が女房京にて知たる間にて、ささへなどもたせゆき、静が旅ねを慰め、昔咄のおもはくとも語りすかして、明日一さし御舞候はば神も納受有て、義経の尊霊も喜び給はんなど慰めしに、心柔ぎて舞しが、までもよしつねの事をしのびて、むかしを今にと歌ひしと也。又大磯の虎は、さしにくき盃を祐成にさし、妓王妓女は彼悪僧にうそむきて嵯峨の奥に引こむ、時代こそかはれ、小藤はみづから喉に刃をたて、八千代は死かたびらを身に纏ひしも、思ひ切つたる一心は皆うその真こと出て、死ねば生ると云是也。風呂屋茶屋女、比丘尼のたぐひは、二世と契りし中にても、其期に成ては必にげ走る也。是をうそのうそと云。予か云、誠にうその中にも真有と云事、面白く侍る。我も人も知たる事成を、気を付て見ねばわかり難き也。

『都風俗鑑』：やはり前書と同年の刊行で、書名の示す通り京都の風俗を描いたものであるが、その内第一巻だけが島原の遊里に出入する人物を扱ったもので、二巻には町家婦女の風俗、三巻には四条河原野郎評判と、それに出入する僧俗女小娘尼僧に至るまで野郎狂いすること、第四巻には風呂屋茶屋、伏見撞木町、勧進比丘尼の風俗などを描いたものである。当時の京都の色の世界を知るにはこよなき文献資料である。本書の一名を『都色欲大全』としてあるのは、一層適切であるように考えられる。そこで第一巻の内容は、「都ぞめきの品々。大臣の風俗。大臣島原に行ての諸分。月なる買手。驕者《ぞめきもの》と成そむる事。やす傾城狂ひの事。野暮助端覗きの事。北向狂ひの事」などである。今参考に「都遊興ぞめきの品々」の一部を挙げて見る。「誠に蟹は甲に似て穴を掘るとかや、長松や次郎吉までが兄分を捺へ、御敵をたくはへ、三蔵やお夏迄も瀬戸の片隅、湯殿のかどにても以為《おもはく》をくどきて、それぞれの心ざしをしのぶなり。或は草履取、六尺なんどは比丘尼を誘引ては二階に招じ、想嫁を近づけては門の傍の小部屋に忍ばせ、或はちよつとの早業には見世の傍や、くぐり戸の片隅にてもそれそれのおもひで、心々のなんのかのは、実《げに》うきに浮たる世中なり。」とは、当時上方と言わず、一般風俗の頽廃かなりひどかったことや、そして中一年を隔てて好色本の元祖『一代男』の生まれ出たのも、決して偶然でなかったことを裏書する有力な資料の一部であったに相違ない。

『朱雀諸分鑑《しゆじやかしよぶんげん》』と『朱雀遠目鏡《しゆじやかとおめがね》』：二書共にやはり前記の『都風俗鑑』と同じく延宝九年の刊行である。前者の上巻は当時島原に、全盛を競った太夫十一人の名を挙げ、各妓思い思いに恋の諸分を説いたもので、下巻は紋日、島原の四季年中行事、女郎の諸分評判、買手の評判などである。刊本はもちろん、原本も非常なる稀本で、先年東京の安田家に一部蔵さるるだけであったが、幸い序文だけの写しがあるから挙げて見よう。

いふも管、思ふも野火なり、夢の憂世とは縦命が百年の御定であんすであんすとも、十露盤に物し侍れば、著と三万六千日、扨て無意気に夢がまし、是さへござるに、出る息が入息を待たぬ遣背なさ、無常の使が通欲にはやき事は、巾着剪が手もとは磯なり、夫槿花の戯を思ひつづれば、神ぞ辛気や逸卒に居鼠《こそ》と摺腕《すりこぎ》の、木端ともなりて、くくり袖を墨染にしてくれうとねがひ頻なり。かかる所に夢でもなく現ともなふて、若干の女郎出現して告て云、まてしばししばし、いかなる山の奥に入るとも、そこも憂世の外ならねば、目烟塵の妻恋に気をもたせ、悪《にく》らしき無常の使は如在なく来るべし。闍思に無二無三に通ふべし。どこへ、是此島原は無比楽城、此遊興は世界の伽羅、可仰可信、我は是朱雀の名女、何屋の何がしたれがしじやと名乗給ひ、諸分の壹巻を与へて、是此書は女郎柄の秘要詞いかなる野火も通者となるべし。汝速に弘道すべしと、光を放ちて西をさして飛去給ひしは、有難かりける奇端なり。それより感涙肝に銘じ、渇仰の萌深うして、一向彼地に通ひ、其おもしろさ屢々踊ばかりなり。さて止事をえず彼一巻を梓にして、大臣の御玉子にときをうたはする事爾なり。

比は延宝九とせ卯月のはじめ藤がもつれし松之助がぬれに催され、山時鳥の一声かう又一声に書終ぬ。

歓楽遊興のそそり文句を列ねて、ひたすら色界への誘惑を試みんとしたのが、これら一群の魔書であった。特に江戸と言わず、上方と言わず、遠く長崎の果てまでもこれら魔書の流行を物語っているかは贅《ぜい》するまでもなかろう。本書より約二、三ケ月前に世に出た姉女郎格の『遠目鏡』は後に説かんとする「細見記評判記」の部に入るべきであるが、同廓に同時に売出し、しかも同じ遊女を評判した姉妹篇であるから便宜上ここに併叙する。本書の角書に「島原松梅之評判」とあり、書の体裁は前者と同様、著者並びに発行書肆も同一であろうと思われる。ただし両書共に発行書肆も作者もないが、これまた畠山箕山あたりの作成したものではないかと思われるものである。書名のいわれを述べた序文の一節に「此評判昔より島原集、難波物語の先例に任せて、わるざれの大臣編集して、『朱雀遠目鏡』と名づけり。夫遠目鏡は遠境を引よせてみするものなり。居ながらに彼地の諸わけを見るが故にかくは名付たり。扨此書を見たまはん御かた、片意地に心得給ふべからず、能申とて其上臈の雲をわけて天にも昇りたまはず、あらきとて地を掘りて品下りもせず、それぞれのえにしに任せてわけいたちてゆくなり。誠に源氏ははぎの巻にかけるが如く、今は只品にもよらじ、かたちをば更にもいはじといへり。只心のひと筋をこそ専らにはせまほしけれ。さして上臈のかたちをば選ばず、心中をあひし給ふがおもはしく至極でありそうなり云々」と言ってるので、大体遊女品隲の標準が姿容ばかりでなく、情的方面の冷熱も大いに考慮したことが推せられるのである。当時島原に現在する遊女その他の人員を記して、太夫以下端女郎に至る総人数二百七十人、外に禿四十五人、遣手三十三人、揚屋二十六軒茶屋二十軒を挙げて居る。内太夫十四人、格子五十六人にかかる無遠慮の月旦が本書の総てである。左に巻頭の「金太夫」を評した一例を挙げて見る。

流るる流るる、枕流るるぬれのわけ、首だけしつむうたかたの、あはれ恋ぢの思ひだね、宛転たる御容色、諸体の見事さ、女郎花の露をふくみたるが如く、清らかなるありさまは、桜のさき乱れしにたとへてもまだ不足なり。面体いづくに難なし。につと笑める目もと世界の伽羅なり。さてふり出らるる道中のかかり、座敷つき残る所なし。御床入よし。されば月には村雲めがでくさる。花にはにくき風あり。おがくずも言へばいはるるとかや、何やつが此人を難じたるといの、御茶のあたりはふくらかに、饅頭をあざむく如くなるこそよけれ、肝心の所に肉なくこけたるやうなり。是はここでの事、それはそれはぎやうさんしわき御人なり。又此君に似合ぬ物は鹿子のおびに中入のおおく入たると、びろうどの帯なり。柳を欺く御こしに心なき藤こぶのまとへるが如し。

花の顔やそこでなげうつ金太夫

とかく千返一律に陥り易いのがこの種評判記の弊であるが、本書にはその非難を免れたものと言って可なるべく、それぞれに個性を描写し得て面白く、文章も簡潔でしかも雄勁《ゆうけい》である。決して素人の物好きに作ったものではなく、相当名ある文墨の士の筆のすさびに成ったものに相違なく、また太夫十二人の評文の末に各遊女の特質を俳句に詠み込んだ手際も悪くはない。太夫第二位に挙げた「薫」の評、特に面白し。

籠の鳥かやうらめしやと、あひまほしく、通ふ御敵の心中げにことはりなり。上品にそなはりたる艶《みやびやか》さ、発明なる顔だち、御目もとすずやかに、ぬかりはせぬぞと、なにはに気をくばり、利口なる上﨟なり。いづくに難なし、全盛し給ふ事、水の岩間にあふれ、花の春陽を得たるが如し。又さがなき人の物いひかなとおぼしめさうが目もとにしほがなし、まるきが難なり。世智にして優美ならず、御心どうよく短気にござる。さて床入の一景第一おもしろし。伏しておもんみるに、是は手でもあらうかといふ也。とかく人の口には戸がたてられぬの。花染のねまきは床にかほるかな

更に当時有名であった高橋太夫、これはかの西鶴の『一代男』巻七「其姿は初むかし島原古の高橋事」に

——石上ふるき高橋に、おもひ懸ざるはなし、太夫姿にそなはつて、顔にあいきやう、目のはりつよく、腰つきどうもいはれぬ能き所あつて、まだよい所ありと、帯といて寝た人語りぬ。そふ

なふてから、髪の結ぶり、物ごし利発、此太夫風儀を万に付て今に女郎の鏡にするぞかし——

とある、その高橋は本書に出て居る、あげや町大坂や太郎兵衛抱えであったらしく、その高橋について評者は左の如く、

名に於ふ高橋さま、水の底にも君ゆへならばと出ぬ人はなし。やんごとなき御顔色御いとしらし。やうすもよし。目もと大きなが難か。勿体ばしなり。太夫とも仰がれん人は、大やけにゆうびならましを、さいなければ、事がら思ひ劣る事也。されど世の風俗にしたがふ、うたかたの身なれば、是も尤か、傍輩つきよし。

千々の社かけ高橋の心中が花

と評して居る。「やんごとなき御顔色、御いとしらし、目もと大きな」とあるのを、一代男には、「顔にあいきやう、目のはりつよく」と言ってる点などは、両者同一人を扱ったものに相

違なかろうと思うが、それにしても、この文章の初めに、「石の上ふるき高橋」とあるのは、後に附言しようと思う貞享四年秋開版の『朱雀信夫摺』にも同じ大坂屋の、高橋という太夫があるのに対して言ったものであろうと説いた人もあるが、（『好色一代男輪講』巻七参照）言うまでもなく西鶴の『一代男』は天和二年十月の開版であるから、『遠目鏡』とは僅々一年しか隔って居ないばかりでなく、事実は一代男の開版は二年であっても、執筆はおそらく天和元年かもしくはその以前に溯らないとも限らない。それを「石の上ふるき」と唄ったのは、例の文飾誇張から来た西鶴一流の筆のすさびで、あるいは現在を過去として扱った戯言に過ぎないものではないかと疑わるるのである。曩に挙げた今の高橋なるものが、後の貞享四年の『信夫摺』に出ている高橋でないことだけは次の『信夫摺』の評文で明らかである。

高橋　おなしうち（大坂屋太郎兵衛）

其名高橋わたろとすれば、人が水さしや思案橋、未通挙《みづあげ》の始は長太夫と名乗れり。二三ケ月有て当名にあらためらるる也。前の高橋に劣れるもの歟。何事も過にし方ぞしのばるる、今様は無下に劣れり。是若太夫面体偏愛《いとしらし》いとの事、御ちやこせつきて渋るやうなり。横平にて人が憎むなり。顔つきを直して愛敬の御祈念こそはあらほしけれ。

とある。貞享四年九月（本書開版）の二、三月前までは長太夫であつたのが、当名にあらためとある以上は弁ずるまでもなかろう。本書『信夫摺』は当然天和二年以後の浮世草子発生後に論ずべき順序であるが、島原三部書の同形同質の一部としてここに挙げて置く。まず本書に就いてもっとも見るべきは序文である。上方文化の黄金世界を如実に表現した遊女礼讃の辞の如きは特に本書のみに止まらないであろうが、一寸他に見当たらない名文でもあり、迫真の妙を伝うるものとして、エロチック渇仰者には到底見遁し得ない挑発的なそそり文字が浮動しており、かなり猥的文辞が眼につく。左に全文を挙げて見よう。

平安の楽寝島原世界、喜見城の栄花腸持の寂光土、此より西にあたれば、西方道辞来《どうらく》世界ともいひつべし。白道の細き畔づたひして、唯有一門可通入路あり。六筋の町は六道のちまた口を表す。

常に春にして酒に和暖の気をなせり。物いふ花生きてはたらき、以為《おもわく》の露濡色濃にて、黄金の光を映ず。諸分の風柔軟に吹ては、伽羅の香芬々たり。諸方の遊客勘当箱をとばせて、空中より挙屋に来臨する事降雨の如し。宿縁値遇の女菩薩は、宛に天眼通をもつて此事を窺《みそなほす》。挙屋の下女前垂はづすいとまなく、落る珈押《さしぐし》ながら刹那に来つて、大尽来至の旨をつぐる。ここにをいて菩薩喜世留の御手を放して、蘭湯に浴し沈水に澡ぎ、鸞鏡に向つて粧つくり給へり。翡翠の髪を梅花にかほらし、一筋がけの畳髩して、ひつこきのつとなし或は惣釣の投島田思ひ思ひに髻《かんざし》し、玉の珈《さしぐし》をして、三幅なる湯文字を雪膚にかいしめ、油ゆたかに、裾ふかせたる衣裳、腰に綿すくなにすそひろがりにめされ、中入薄き大幅帯前結、後にしはなしにして、御尻のかかり饅頭に濡紙をかけたる如し。荘厳あたりを輝し、据腰のいたり歩み、素足に朱のはな緒にて紅葉をふみわけ、太鼓女郎了鬘《かぶろ》遣師に囲繞せられ、あぶら紙の天蓋をささせて、追付て御影向なり。みるがうちに八珍前に備り、銀の間鍋に楽天が好の物をなんなんと湛へ、玉觴上下に旋転すれば、花の唇ほころびて、時行詞の数を尽し、おさへます障ります、つけざ小歌のさまざまいふが管也。宴闌にして床入をなす、珊瑚の枕に蜀江の褥、千話無量にして両眼系の如し。瑠璃の膚に漬滲《ひつたり》と四手を組ば、ぬれの雨挿梳をながし、愛扇《あをち》風鼻息あらし。金玉の屏風をのれと動き、花中の鴬舌初音を出せり。聞者拳を握り、前に帆柱を立てて随喜の涙と雨と降るなり。夫惟れば男女雑居の娑婆世界、六凡有生の輩、蝍蟻蚊虻のやからまで、何れか此遣繰をせざるや、仍て這の色町の諸分はじまれり。上品女郎五拾八匁より、下五分壹匁の惣州に至るまで皆各々の分を糺し、意々の濡あり。天下法界此一宗に帰依し、此派森々たり。然れども一向に泥んでは、彼明徳を有頂天にとばせ、儒門に礼記なきが如く、弘安の礼節も名のみ有て詮なし。僧は梵網の掟にそむき、南山の行事見て益なし、先祖之山荘寺塔已下、寝て美景になげうち、或は死に一倍の銀ここにはじまり、丹波越に及ぶ。山道の緋裏を脱で十緡《とふ》の菅薦に五体をつつむやから、是色道迷乱の輩、三界のすて者なり。過則勿ニ改憚一。粋は是此道之聖人、月は是此道の凡夫。悟れば即凡聖一体にして、諸色皆一女なり。所謂真如の実事を発得すれば、女大和尚紫衣の憤鼻褌を許し、粋禅師の払子をさづく。誠に以心伝心之諸分世。随て這書は好色軒のなにがし、先例に准じて当世女郎の品を論じていまだのぞきをくれざる衆生に是を結縁す。貞享此年の春より諸大尽とこれを論談し、同中秋の末に功終れり。予も又好のいたす処、達人の笑を忘れて書して名付て朱雀信夫摺といふ是意ありがほなれど気もなし。みちのくの志のぶもぢすりたれゆへにみだれそめにしわれならなくにといふ歌のこころばへなり。

貞享第四秋九月　日

評判　好色軒
文法　南花軒

実に当世に於ける狭斜の風色を、短文中に縮写した手腕は驚異に値いする。以上の三部作（『諸分鑑』、『遠目鏡』、『信夫摺』）は多分同一人の編者であろうと想像さるるのであるが、本書『信夫摺』は他二書に比してその描写が甚しく露骨になったのは、時代の反映と遊女そのものの素質が自然下落した、偽らざる告白ともなったものであろうかとも思われる。特に各遊女の容色はもちろん、閨房雲雨の巧拙とその良否を挙げざるはほとんど罕なりで、かかる醜穢文字を麗々しく書冊にして廓内に出入する遊冶郎の遊蕩気分を、いやが上にも湧き立たせたものであろう。その著しき一例を挙げて見よう。

花崎　下之町　桔梗屋喜兵衛内

むかしは芙蓉の花なりけらし、今は朱雀の古木の春、枝に花しぼみて匂ひのこれるが如し。曲輪の先徳也。小野氏の詠歌に面影のかはらで年のつもれかしといへるも、げにさる事ぞかし。今は御体相《ごていざう》に殊勝気がさいたり、面体更に難なけれども、憔悴し枯稿とかじけ給ふゆへに色なし。笑《ゑめ》る御くちもと、歯双平《はなみ》にして歯大に、笑ひ給ふに歯茎あらはれず、是上品の口つき也。然ば清らにしていさぎよし。清水流るる柳陰に比しても□ものよりすぐれたり。発明ならぶ人なし。さて御床入の景、曲輪第一也。夫世中に粋は稀に、空人《やぼ》は多ければ、唯うはべの化色に泥み、真の諸分を愛するはすくなし。軽過な女郎は全盛し、かやうの人の寂寞たる御事、是ぞ鸞鳳伏竄兮、鴟鴞翺翔がごとし。いふも管ながら御茶無双、御好情の事、其味又千中無一なり。されども若老の弱助は此美味をしらず、出入呼吸にたがはず鑓さきに篠塚が勇をはたらく時は、一戦でひつしやりほん、ひしひし身体をたたむもとい也。此人つとめのむかしより若干の男に執をとどめさせ、煩悩の淵に淪られしは無量成べし。按に比人天性発明にても人の気にしまず、いまだ受出す人のなきは、人をなづませ給ひしむくひであらう。

花野　同上面体中庸、自分のうりにしもゆきかねぬもの也。年齢中老、尤利口にして酒の興一座よし。御茶上々御好き、是太夫つゐの道具尤也。両人に強蔵がかかるときは、揚屋の二階鳴動するなり、ねごい久三郎までが俄に手煎じをくいたつる。

この「花野」は花崎附属の太鼓女郎と称する下級のもので、大臣の附添人もしくは幇間《ほうかん》、医者、針立、手代、能役者などの相方になったものである。本書は上下二冊、上巻に松官すなわち太夫十三人に各太夫に隷属する太鼓女郎十三人、下巻に梅官たる格子女郎六十八人を品隲し挿画二葉内一葉は島原通いの景、他は島原揚屋の情景を描いたもので、筆者は署名はないが吉田半兵衛の筆に成りしに相違なく、他二書は別人の執筆らしくやや見劣りのするきまりきった構図であるに反し、本書の挿画は勁抜《けいばつ》にして新味に富み、内容に相応しいエロテ［ィ］ックなものである。

『**島原大和暦**』は浮世草子発生一年後すなわち天和三年五月の出版である。書名の示す通り島原を中心に京都の年中行事とも見るべきものである。本書はさる老人か廓通いの若人の為めに、廓内外の紋日物日《もんびものび》を語り聞かすという体裁に成ったもので、作者は前出の『たきつけ、もえぐゐ、けしずみ』と同人らしき口吻が巻首に見えているから、多分同人の筆になったものであろう。その老人が初めて揚屋入りの初心さを描いた場面の一節に、

箱梯子ゆたかに踏み上り、一構の座敷に座を占めて、茶莨とさんなどに拶挨し、昵近に成りしに、つれ人の御敵様とて、ようござんたといふにぞ、目も見えすありけるに、つれ人誰様はといふ。早う呼びましたといへば、あるじ走り歩くより、そのかたに帷子のしどけなう着なし、帯も後を過ぎたらんといとうたてく思ふに、薫り来る匂ひほのゆかしくぞありし。ぼん引寄せ、けぶりくゆらせ、物いふべくもあらず、燭台に背いてゐたる、いかなる情をか結ぶらんと思ふ。盃初まり、裾のあたりを浸したるをも構はずおほやうなる体、いかなる御公家方の御姫様かと疑はれぬ。我かたによるとはなけれど、人の指図に任せられ、禿などの心入のやうにして、とさんに向ひたるも、手震へてをかし。……投節も声清み、三味線の糸切れたるころほひに、下男かはごの緒をと

き、蚊帳のつりをかけ、こよるなどとりて、御床へといふ。つれ人もいざといへば我上郎と座を立ちて下へ行きぬ。なにと待ち兼ねしほどもなく、ひとり枕のもとめたるに、箱梯子荒らかに鳴らし、禿莨持てなどいふ。鼻紙など気をつけ、灰吹二つ三つ鳴らす間の長さも、はや夜明けたらんかと思はれしに、禿そこ去らで寝よといふに、命も消ゆらんと思ふ。外の枕によりて帯をも解かず、物も言はずして寝転びたる悪さ、どうもならず、挨拶暫し恥しさにもおはり、あらゆることを吐きてがみなどよこしたるまたをかしうれし。

第三節　細見と評判記

『桃源集』および『同追加』：承応四年（明暦元年）刊、京都島原（島原を桃源と洒落たものである事は言うまでもない）の遊女評判記兼細見記である。本文中の狂詩狂歌に遊女の名を交え戯文体に評判することは、かの『あづま物語』に濫觴し、後には万治に至り、役者評判記の『野郎虫』は全く本書に範を採ったものである。後には『島原集追加』も出ている。本書の跋

文の一節に、

十余年前六条町を今の所に移し、名づけて島原と曰ふ。蓋し島原乱之時、城郭一門を構ふ。今の傾城町亦然り、因て比並して之を称す。或は隠名を設けて山鳥と曰ひ或は真読を用ひて多宇計武と曰ふ。此頃好事の者有り。島原中傾城之名を書して各々之を評判す。且つ狂歌を詠ず。其数五十に余り、其部を二箇に分つ、松の部は太夫之名を載す、松は太夫に封ぜられたればなり。梅の部は天神之名を載す。梅は天神に愛せらるればば也。名けて桃源集と曰ふ。予未だ彼地に到らずと雖も、世人に問ひ、且つ彼集を考へ、略其風体を知れり。暇の日彼集書す所の次第に本づいて各五言絶句之狂詩を作り。且つ名の字を句の頭の句中に寓す。狂歌と並び書して世に行はんに後覧之人改めて之を正さば幸甚ならん。承未之春毫を虚白堂に抽ず。糲田鈍太郎末孫白面書生敬白」

（原漢文）

とあるので、大体本書の由来と体裁とが知れよう。なお序文には小藤原定家の戯名を署して、例の古今集序文に擬して、本書に出て居る松之部太夫格の八千代以下十三人の名を挙げて、面白おかしく品評している。かの六条時代には吉原にその名を止め、島原に移ってからは、八千代に如くものはいないと讃称してある、その八千代を巻頭に、太夫「松之部」十三人、天神「梅之部」四十人の妓名を挙げている。ちなみに左に八千代の国色ぶりを品評した一文を抄録しよう。

△八千代　尤傾国なり、全盛ならびなし。嬋娟たる両鬢は秋蟬の翼、宛転たる双娥は遠山の色。いみしき絵師のうるはしく書きなせる場貴妃の形も筆限りあれば、らうらうしく懐かしき方は後れ侍るべし。さりながら少し顔小さきが、また様子そりかへり、体八千代めかず、はし傾城の風あり、心は優れて利根なり、またその昔の事は、大方世にも知られ侍るを、今更言ひ出んはふるめかしきわざなれば洩らし侍り。風体の結構さ、島原寺裏独分明曼陀曼殊の花をかざり、旃檀沈水の香をたくとあるもかかるもその身の仕合、また三四郎今得無漏無上大果なるべし。

八方尋可レ稀。千視更無レ厭。世上迷二傾城一。破レ心勝レ自レ剣。

君が代は千代に八千代に火打石のうち出す金はみなになるまで

『満佐利久佐《まさりくさ》』は大坂に於ける最古の遊女評判記ともいうべきもので、その発行は実に明暦二年である。序文の筆者は「色道大祖虚光庵真月居士書」とあるは、おそらく『色道大鏡』の著者畠山箕山に相違あるまいと思う。自ら称して色道の大祖と豪語するあたりは、かの色道大鏡を書いた口吻にそっくりであるからである。『色道大鏡』の序に

然り山者是色道の大祖世——六十余州を歴行し、積年三十有余にして始めて是書を作為す云々——

とある。同書（『増り草』）序文の一節に

——窃に惟みれば、当道盛んになりて三十とせ余り以来、貴となく賤となく此道を好む人多かり、然りと雖も伝記教書を記し置て、初心の輩に示さんとする人終に是なし。嗚呼悲しき哉や、当道

は邪悪の戯れとのみ知りて、心あるは早く退くによつて功をなすべき暇なし。卑賤の輩は我身一つを楽みて、衆人を悲む心なし。集記を残さんも文育先生立ては便りなし。抑昔日十三歳の秋より此道に列坐して、翌年の末より自ら恋慕対談の実否を糺す。かるが故に我世に出で三十年、道を見る事十有八年、旦夕断絶なく修して当道至極の理を知り而して我斯道を立て、始めて之を色道と名付く、干時自ら終つて後、誰か色道の開基となつて、若輩の妄人を示さんや、我今大極の格式を定め置かずば、末世の輩当しく邪路に入つて人気散乱せん事を悲み、救世の大願を興し、旧年の春より思ひ立ちて深秘決談抄という弐拾巻の書を編集す云々――

とあるは、両書筆致の酷似は勿論、前出の『桃源集』の跋文も実は箕山の筆で、以上の三書はおそらく同一の戯編と見て大過なかろうと思う。その他同人作として曩に挙げた延宝の『長崎土産』のあったことは、既に述べた通りである。本書（『増り草』）は遊女を二類別に分かち、上官部に土佐以下十一人、中官部は高天以下六十三人を挙げて評判すること例の通りである。今上官の土佐を評判した一例を挙げて見る。

土佐

日本第一の美人也。浮世の人よのつねの傾国よのつねの太夫分のうつくしきとのみ。大方に打ち眺めて、無上極々の美人と云ふ事を知らず。此詞ひいきの沙汰ならば、さあらば日本国中の女に誰よりは劣りたり。誰とはひとしかるべきとなぞらへていふ人の有べきにこそ。かたじけなくも禁裡仙洞竹苑大樹高家の内をも凡そ尋ねうかがひみ奉るに、此人にまさりつべき女中がた一人もなしとかや。然らばおぼろげに見るべき人にあらず。先づ生れつき上作也。上﨟也。色あく迄白く、少し面長にして、額際髪のかかりひときはよく、めもとの麗はしき事たとへて言はん方なし。愛敬余りて詞小声に愛想らしく、かたぎしとやかにして、姿なよやかに、またのしきりたり。風体のけだかさ、かたちのあでやか成事、梨花の雨を帯、女郎花の露を含めるもかくやはあらん。内見あくまで情らしく、風流世に超えたり。され共柔和に心よはよはとしたり。然れ共是女の本姓なれば也。とにかく此人傾城には惜しく、ただ恨むらくは不束に賤し気成ものも、さしあひだになければ、憚りもなく是をはなす事、誠に無念といひつべき也。

勘云、但此人面てむきの知音に持つ事はいや。

判云、此人利休と云一説有、勿体なし。利休にはあらねど、心のはたらきすくなし。その上はづみたる所なければ、ほれぬ心よりは忍び難からんか、惣じて女郎の風俗いたりて上﨟めきたるはやはらかに見ゆる物也。又傾城一道の風儀と云物あるべし。しかはあれど、近き頃の初昔兵作などが風体、心をつけて之を見れば、悉皆女の性はなれたりと見ゆ。むさとあらけなく恐ろしきばかりにて、やさしき所露なし。其内初音はかたの如く、ひすらこくいやしめにて、よし有者の前へは出され難かりき。兵作は少し上びたる所有て、分別もあつかわりる故、やんごとなき方迄も召出されたり。優れて発明にて、まだるき事毛頭なく、随分気味のよき傾城なりき。然りと雖も一代情と云物の根をたち、第一むごき心なる者也。これらの品々委しく知りふれたれば我さし向ひては娯み難く、他人に話させ、一座して遊宴したるは、世の中に又有べきとも思はれず、花車成所はふつとなかりつれど、あつ手なる事は今の世にはなし、いはば上古の琴などが風儀にひとしかるべき。

『吉原大全新鑑』：寛文五、六年の刊本で、細見と評判記とを兼ねたものである。巻首八葉の細見を附すること万治の『吉原鑑』などの例に同じ、その次頁に女郎見立表を作り、極上人、慈悲、善人、罪人、いやな者、うわき者らの目を挙げたると、遊女の紋所の堂々たるを異色とする。挿画は師宣風で、次に出ずる『讃嘲記時之太鼓《さんちょうきときのたいこ》』と同一筆者と思われる。軟書通の柳亭種彦すら本書を未見としている。ただし種彦編の『吉原書籍目録』には単に「吉原大全」として

――「袖鑑」と「根元記」を合せて増補なしたる物なり「失墜」「つねつね草」などの引書に見えたり。近年上木なしたる「大全」とは別本なり云々――

とあるが、『吉原大全』は『吉原大全新鑑』のことであることは言うまでもない。

稿者の閲読したのは二本とも上巻だけであるが、あるいは次の跋文に見ゆる如く、「太夫評判あげやの俗性記は根元記に之を記す云々」、とあるから、下巻は『根元記』となっているのではあるまいか。紙数二十七葉、左に序文および跋とを挙げて、本書の面影を偲ぶに止めてお

く。

序

善と悪とは其品により折により時により千さまん別の義と覚ゆ。既に釈迦は提婆に恐れ、孔子も時にあはず。我朝の菅相丞も時平のおとどにささへられ、名も西海に流し、仏聖人だにも悪きに交はり給ふ。ましてや人倫に於てをや、ここに吉原讃嘲記といふべんこうをちらし、字文の義理分明なる書は、文珠の智恵を借り、ふるなの弁舌を以て書集めたる也。哀れ是を世俗のもてあそびには世の為め人の為めよしといはるる人はいよいよ理を磨き、悪しきと言はるる人はそのあやまりを改むる身ともなるべし。しかはあれと集人これを致せばその名のあらはるるを哀しみ給ふにより、是非なく所望に及ばず是を除く。此書を見るに三徳をかさねたる人を誉め、まだ学びてその利きくに及ばぬをくたし、まなばざるをしりてさまざま功者品々書わけ異儀なきやうに書をかれし。かるが故に我体の愚なる物の言語に及ぶ所にあらねば、彼書一見のそばを走り、所々にこれが力を頼みかたことまじりに書あつめをはんぬ。猿猴が月を指すに異ならず、名づけて新鑑と云をはりぬ。右讃嘲記の抜書くわしく根元記に有之。
（跋）むさし野や、広き江戸町二丁目よりはしめて、年久しくもすみ町の、京町人もさふらいも、皆全盛を新町まで不残批判する事さてさて二九の十八や、観音のほとりなれば御神体の馬じやじや御免あれ。

右は端格子の評判此巻にて終、太夫評判並にあけやの俗性記は吉原根元記に是をしるすもの也。

とあるので、次の『根元記』とは密接の関係を有していることは贅するまでもない。

『吉原根元記』：本書は寛文六年の開版なる由『高尾年代記』に見えている。前記『吉原大全新鑑』の姉妹篇で、上巻は『新鑑』下巻は『根元記』という書名であるらしい。『高尾年代記』にこの『根元記』、次に録する『讃嘲記』『袖鑑』の三書は、一旦写本にて流布し、その後に添削し刻したる物なるが故、

――是には彼書をそしり、彼書には此冊子を難じ、何れか前に成りし書なる事詳ならず云々――

とありて、三代目高尾の評判と姿絵とを摸刻《もこく》してある。稿者は原本を見た事がない。参考に三代目高尾を評した一節を採って見よう。

此君四方に名高し、手跡よし、文者也。能者也。全盛ならぶものなし。今の世の名とり第一はこの君なり。讃嘲記に曰く、いにしへのたかを紅葉しては外山かくれなければ、その跡をふんでまだ二葉なりしをもとむるに尤傾国の心ざし発明にして勿論美麗なり。或人の曰く、つぼめる花のまだ妙なる色なきが如くなれば、曲水の坐配面白からずといへり。よしよし子ともの知る事にあらず、此君かうようの時来たらば日月も光りを失ひ、仏も座を立て小手まねきあるべし、云々。名もたかを今そもみちの盛りなる花よりもなを深き色哉

『吉原讃嘲記時之太鼓』：本書の紙数三十七葉内、師宣風の挿画四葉入って居る。吉原遊女評

判記中の名代物である。種彦が『吉原書籍目録』に本書と他書との出入を細記して居るから参考までに引用する。

――遊女評判の書、巻尾にうろこ形屋加兵衛開板とあり、刻梓の年号なし。されど寛文七年の印本なる証巻中にあり、序に曰、爰にある人吉原かかみ、吉原根元を集めなして、大全といふさうしを携へ来りて、此さうしのうちに花のあと枝となりて折らぬやつもあり、新樹のわかばえの出来たも多し。所々に墨つけくれよといふ云々とありて、巻中に「袖かが見」と「根元記」の二書を合せて「大全」を作り、又それを補ひし冊子なり。末に犬枕と題して今の物は附ともいふべき事を載せたり。延宝五年印本「もえぐゐ」「けしずみ」に犬枕のあとを追ひ、おもて裏ある詞をならべ云々とありて、此たぐひの事を記したれば、昔は行はれし冊子なるべし。箕山が「大鏡」の引書にも此「讃嘲記」を載せたり。さて今伝はる「袖鑑」「根元記」等を見るに、「讃嘲記」に曰くと云ふ事所々にあり、是は「讃嘲記」出版の後に「袖かがみ」「根元記」どもそこここを彫り改め、再び売りたるものと覚し、是等の冊子のみに限らず、あるは増補なし、或は外題を替へたる物あり、心をつけて見るべきなり。「袖かがみ」の末に替り犬枕といふことを載せたるあり、是等は全く「讃嘲記」出版の後に彫添へたる事、替りとあるにて明かなり。再按ずるに、「根元記」「袖かがみ」「讃嘲記」の三本写本にて一端流布したるなり。それ故に延宝六年（稿者云、寛文六年の誤りならん）印本「根元記」に七年の印本「讃嘲記」の記事あり、是写本のうちの校合也――

とあるは異論のない所で、以上の三書は種彦の説の如く、しばらく写本にて世に行われ三書互いに相前後して印行されたらしく、いずれが前後なるや決定し難きものである。本書もやはり三代目高尾以下三十七人の評判記で、一々遊女の紋所を附して忌憚なき評言は痛快を極めたものである。

『吉原袖鑑』：書中師宣風挿画六葉、巻首に吉野、夕ぎり、うす雲以下八十七人の紋章入細見が附されて居る。刊行年代未詳であるが、前記種彦の説によっても原刻は寛文六年で同八年以後更に増訂再彫したものであろうとの事である。今原本を見るに、確かにそれらしい形跡が充分に見受けられる。第一本書のよしの、夕ぎり、うす雲以下目録と本文とは違って居ること、本文中改彫した形跡が所々に見えて居る。完本を得られないので確実な丁数は判らないが、曾て見た本は三十四枚で、終が二、三枚欠丁して居るかと思われた。本書と他書との出入に就いては前掲の『讃嘲記』を参照せられたい。左に巻末の「四天王若四天王の事」を挙げる。

四天王　よしの彦左衛門　うすくも　夕きり　八橋、先書に四天王は大に非也。利生をいはば「讃嘲記」にも心中寒水ゆへこれをのぞけり。つしまは美成といへともその位はやし。いこく、かく山は格子也。御の字にならべてゐらふ事ゐことやいはんあやまりとせん。

若四天王　小紫　つしま　にしを　からさき　此外の四天王は、先書に撰ぶ所珍重珍重。

ちなみに左に巻末の「かはり犬枕の事」を挙げる。

これら「物はづけ」なるものは、平安朝の「枕草紙」以来の摸倣で、江戸時代に至って専ら軟派書に多く、寛文以降の評判記・細見類に特に著しく慣用されるようになった。『讃嘲記』

は無論の事、『袖鑑』以下ますますその需用が多くなった傾向が見える。一種の落書で楽屋落ちも多いが、中には偽りならぬ素破《すっぱ》ヌキもあって、思わず拍案一笑せしむるものもある。月並な評判記よりはむしろこの方が、あるいは真に近いものであるかも知れぬ。二百六、七十年後の今日では、全く想像もつかない駄洒落としか思えないが、当時にあってはさぞかし大向こうの喝采を博したことであったろうと思われる。

かはり犬枕の事

ながきもの

一、金太がかたあし

一、市左がはなげ

一、くぜつのうちのふみ

一、せいしゆがこころ

一、あかしがくび

一、三浦よしのが鼻の下

みじかきもの

一、せきしゆが顔
一、かんざきが鼻の下
一、さんきちが左のこゆび
一、九兵衛内常磐がきだて
一、はつしまがきだて

たかきもの

一、かどのつしまがせい
一、高尾かほうさき
一、こむらさきが名
一、かるも生田かわきか

ひくきもの

一、ふしへがせい

一、はやらぬ上郎の枕

一、あかつきのうた

一、さくら木がはな

一、銭やが二階の天じやう

おほきもの

一、はやる上ろうのかり金

一、三うらよしのが子

一、すひあけられた町人

一、三浦の上ろう

一、いくたかきせるやき

すくなきもの

一、ふじおかぐかみ

一、節句の前のとりんぼう
一、散茶どりがきる物のわた
一、二町目のかうし
一、すえとけたる起請

ひろきもの

一、かうしがおちやつぼ
一、ふじとがしりつき
一、さんちやのまがき
一、惣じつがざしき

せまきもの

一、はつねかよく心
一、くるわの惣ほり
一、りせうとかのめか中

一、のちのあしたのうつりか

一、かへりてがた

あさきもの

一、はくやか泉水

一、お町のゆや

一、せんよが心底

きれいなるもの

一、上ろうのちやつぼ

一、御の字のさらしのよき

一、八はしの御心底

一、ゆふぎりがえりつき

一、よしのがざしき

むさきもの

一、じやうしんが心

一、五郎右衛門が心中

一、あけやの茶碗硯箱

一、はくやがざしき

一、峰順内の玉かなり

一、格子の内のたばこぼん

うれしきもの

一、くせつの中なをり

一、かへる朝の首尾よき

一、ならがたわけの全盛

一、あげやでのよこばん

一、行かかりにてきの隙

いやなもの

一、おらがやしきのよこめ

一、やりてのつらつき

一、けんとんとものぬれがけ

一、あげやの洗ひばし

かはゆらしきもの

一、なかれをなげく心入

一、かさやがていしゆぶり

一、紫と初雪かなりふり

一、彦左が子のつるまつ

にくらしきもの

一、くつわの子のぶうぶう

一、きよはらうきはしが道中

一、山との長左衛門

一、上郎のさかくじ
一、新介がうたのふう
一、いくたがつら

延宝度に於ける花街書の板行は蓋し空前にして絶後ともいうべく、特に江戸吉原だけでも十指を屈するの盛観を呈していることは注意すべきである。あるいはこれをもって直ちに悪所の全盛を裏書するものと断ずることは早計かも知れないが、またもって社会人心帰向の一面を推知することは出来よう。特に驚異とすべきは、延宝六年に於ける畠山箕山の『色道大鏡』十八巻ないし三十巻に至っては、花街文献史上に一期を画するものと謂うべきであろう。

以下延宝度に於ける評判記および細見記を挙げて見よう。

『吉原大雑書』：延宝三年四月の開版。例の『三世相大雑書』に倣って、吉原の太夫格子百三十三人を評判したもので、太夫の絵巻軸たる三浦屋の吉野、薄雲、高雄、小紫の国色以下を毀誉褒貶したるこの種評判記中の一異色とすべきである。巻首には新吉原町絵図を出し、円形を描いて、太夫格子の風姿相似たるもの二人ずつを一系におさめて、六十人をくらべ物にした図があるが、いうまでもなく三世相の真似である。挿絵五ケ所に入っていて、最初は「どこのおりくち」「大もんの茶屋」「大もん通り」「青侍見物」「新町の三浦屋隠居」の暖簾なども見えて居る。「新町若紫」「京町からさき」「三浦八はし」などの道中を見物する嫖客の図、「京町やまと」「三うらよしの」各座敷の体、「うしのごぜん」「角田川」「金龍山」などの風色に舟を浮べたる山谷通い嫖客の図などで、全巻四十五丁で終わっている。図の筆者は署名はないが、菱川師宣なること一見して明らかである。本書に注意すべきは、万治寛文の盛時を過ぎた延宝度に入った吉原の妓風は、日に増し低下し行かんとする際のこととて、六法好の奴女郎と意気も張もなく、来たるを拒まず去る者を追う類いの散茶女郎と相対抗して、色を競ったので勢い多売主義が勝利を得て、散茶の妓風が滔々《とうとう》として廓内を風靡するに至ったとある。その結果風儀が紊れ、行儀が悪くなった、それを立証するに屈強なのが本書序文の一節である。

初春のあしたに筆を染め、書集めたる藻汐草、めを出しつつ蔦の一ばんとりより硯に向ひ、心もせいもつくつくし、ぢわけも見えぬつちのふてのふつつかなることの葉は、わか面白きに世のあざけり給ふもかへりみず、笑ひ草とのみなし侍る。されどもよしや腹たちやとわかし給ふもありぬべし。さて又おかしと思召、きえつのまゆを細めつつ、えみを含むもおはすべし。ひるへにあしとなんせしもよし有がたき情と、深き思ひのよるひのふち、首たけうちこむかたかたは、お情ふりにほたされて、あら有がたや寛文のねんごろもはや、いつのまに今延宝と遠ざかり、さんやの闇に迷ふ身は、土手吹風の身にしみて、おぼし召す君たちをあししと書けるを見給はば、よし腹も立ちぬべし。それはともあれ東風馬耳をふく如く、聞かぬ顔にておはしませけふ此頃の風俗は、有し昔にこと変り、今よし原をひきかへて、あし原ともいひやせん、中々げびたるありさまは、小唄の品さへはらすじな親はざいごに子はよし原に、だいてねよろのつまもちながら、さても物うやのほんほんのふいよしたりや、さりとはげびたるはやり歌、このほとりにをのづからきやしや風流のかこひにて一ふく立し君達も、今はさんちやのにがにがしくお茶ひくばかりになり給ふ。そのいにしへの籬には、色よき花のさまさまに、客まちかねておはせしは、きやらの煙にうちまきれ、いとかすかなる其内に、合せかるたうたかるた、源氏酒盛歌合せ、歌や連歌や詩を作り、さも気高くも尋常にしほらしくおはせしか、今の女郎はあさましや、ぶんこの蓋に花かつほいとあらあらと手自らかき、小夜更け方に蕎麦切を待ちかね給ふ体たらく、焼蛤に立ち煙り、籬の内にみちみちて鼻もちならぬ其内に、歌や連歌はひきかへて饂飩田楽しゆを好み、お茶挽お敵のあらざればから酒盛の茶碗呑み、結びし縁もきれ果てて、あかぬ別れをし給ふそや、たしなみ給へ。ある歌に

△花を見よまかきのうちのひとふさに
　心をよせてちきらぬはなし

『山茶徒坊評判』：中本一冊、丁数二十八丁、内挿画三葉ある稀世の珍書である。序末に

太夫さんちやふりみふらずみさだめなき
　くぜつぞふりのはじめなりける

また跋の末に

ただたのめよしや吉原の女郎ども

いたづら坊あらんかぎりは

延宝八年庚申仲秋日

とありて、外題にも知らるる如く、散茶の評判記で、他の冊子に較べては、遊女の数も少なく、評もあらっぽく、その他「買手衆掟」、「女郎の掟」、「床入の心得」、「さぶらひにあふ次第」、などと条目を挙げてあるなど、単なる評判記でないことが判るが、惜しい哉、原本を得られない為め手記のままを記して他日の参考に止めて置く。

『吉原あくた川』：『吉原書籍目録』によれば「作者あさぢ原角田川都鳥とあり、欠丁本を見て年号は知れざれとも、次に載せし延宝九年の印本『下職原』に、此次出でし由記したれば、延宝八年頃の印本なるべし」とあるから、同年頃世に出たことは明らかである。本書の一部分は種彦が「高尾考」に引用されて居ることは周知の事であるが、同書種彦按に、元禄四年「新吉原幕揃」と改題再版されたる由見えている。それによると

――此幕揃といふ草紙は元禄の印本にあらず、延宝八年の頃の印本「吉原芥川」といひし冊子の外題を替へ、元禄の年号を入木したるものなり。其証万年暦、けし鹿子、しづめ石、袖鑑、ふる狐、くらべ物の一書に云々、とあり。此等のさうし委くは見ざれども、袖鑑くらべ物は寛文なり、しづめ石は延宝なり、天和貞享元禄に至りてさる古さうしを取出てて言はん理なし、されど所々彫改めしか委くは不知、此さうしを「あくた川」といひしものといふ証は、延宝九年印本「吉原下職原」の序に曰、「ここにあくた川といふさうし此頃出でたりとて童の持たり。これこそ我が古への赤烏帽子なりと思ひて端を見けるに、せんしやうなるかな十王は硯の墨に筆を染め浮名を流す芥川と書そめて、作者がゑんま王となりて、女郎の善悪をわけたり。かかる所に人は類を以て集る習ひなれば、己が如きのひりこきども四三五六人よりあひ、此評判にめさし、かなたの一から

十迄読で見るに、多くは三浦山本両家ばかりの評ばかりにて、御全盛の君達ままあれども、そこそこに言ひ捨てぬ

また、同じ「さうし小紫」を評する詞の中に、「第一仔細らしくて人の悪むによりて、言ひ弘むなり、あくた川の都鳥が此君と伊勢屋にて人のたいこの一座の、時あくた川の都鳥とは作者の事をいへるなり、照し合せて見るべし。」云々とある。

『吉原下職原』：種彦の『吉原書籍目録』に曰く、「紙数三十三張、巻尾に延宝九年酉三月上旬、さうしや権右衛門開版、作者は例の隠し名か、若信述と序にあり、『職原抄』に倣ひ遊女の位を別ちての例の評書なり、前に出版せし『芥川』の作者を盲目なりと嘲けれども、此作者もさまでに筆はしらず、狂歌やうの事最も拙し。天和三年菱川の画本『岩木尽し』の引書に見えたり」とあるのみで前項の『芥川』引用の序文にその片鱗を覗うに過ぎない。按するに、時代は大分隔たってはいるが、元禄七年の『吉原草摺引』なる遊女評判記が、単に遊女を白地に

譏《そし》ったという理由で、筆者版元が笞刑《ちけい》にまで処せられるという専政時代に、官員録とも云うべき『職原抄』に擬した、売色の下等《マ》民族《マ》の名を列ねた本書の如き、名の下に公刊されて無事に収まったとすれば、むしろ奇蹟と言わなければならぬが、その事従来何ら文献に徴すべきものがないので、何とも断定は下し兼ねるが、書名から言えばどうしても禁売物である。

『吉原三茶三幅一対』：絵入一冊、延宝九年印本、「太夫格子を載せず、散茶といふ遊女のみの評判なり、三幅対とは、当時さんちや女郎をさしていふなり、天和板菱川の『百人女郎』にあり、近くは『石井盟どうし』にありとぞ。是亦『胡椒頭巾』の類にて、散茶ばかりの評書なり、此冊子に吉原の図あれども、散茶見世のある処ばかりなるゆえ、全図にはあらず」云々と例の『吉原書籍目録』に出ているのみである。

以上延宝度に於ける吉原遊女評判記および細見記の重《おも》なるものであるが、なお京島原関係の評判記および細見記は、前出の『朱雀遠目鏡』やや下って『朱雀信夫摺』などで、他は今日伝本はもちろん文献にも見えていない。大坂新町ものは全く見当たらないようである。

第四章　あぶな絵その他

第一節　艶画の大要

江戸の太平期は元禄に至って爛熟《らんじゅく》の頂点になった。爛熟に次ぐものは紊乱《びんらん》であり腐敗である。都市の市民は享楽生活に日を送り、それに順応して歌舞伎劇の繁昌、工芸美術の発展は町民の嗜好に投じて、浮世絵の擡頭となり、師宣以下〔鳥居〕清信《きよのぶ》、〔奥村〕政信《まさのぶ》、〔吉田〕半兵衛の輩出に依って版画は庶民の歓迎するところとなり、当初は墨摺り手彩色の程度から、漸次極彩色の濃艶な作に進展した。ここに於いて美人画は裸体画に及び、更にあぶな絵から枕絵、いわゆる春画笑絵《わらいえ》と称するものに低下して行ったのである。

これら笑絵に就いては功罪相半ばするもので、一日に論ずべきではないが、笑絵は公開さるべきものではないので、ここには黙殺とするが、兎に角当時は社会的の制度も完全していなかったので、何ら取締上の法令もなく、従って笑絵にも堂々と画家も版元も署名して恥じなかったのである。

しかし、これら一部趣味的のものが、ようやく営利化するに及んで幕府も初めて、「只今迄有来候板行物の内、好色本の書は風俗の為にも不宜儀に付、段々相改めて絶板に致すやう」と、すこぶる悠長な発令を口頭を以てしたのが、享和七年（一七二二）十一月のことで、今から二百二、三十年前であった。以来文化文政を経て幕末までに板行された笑絵の種類は、誠に尨大な数に昇るものであるが、それらに就いては本史埒外の専門の研究書に譲るとして、単に書目の二、三と参考書を左に挙げて置くことにする。

渋井　清　『ウキヨヱ内史』二冊

原　浩三　『好色日本美術史』

尾崎久弥　『江戸軟派雑考』

同　『あぶな絵画集』

太田三郎　『変態美術史』
藤田真次郎　『浮世絵秘史』
尾崎楓水　『会本雑考』
牛山　充　『浮世絵競艶画集』
続浮世絵大家集成　『春宮秘戯画撰』
浮世絵芸術　『好色浮世絵目録』（昭和八年二ノ五以下）

ただし絵画の上で艶画として区別さるるものは、今日でいう春画または笑絵であるが、旧くはおそくずの絵、あるいはおそぐつの絵と称した。それが時代に依って枕絵、枕草紙、笑絵、かち絵、笑本、会本《えほん》、好色本、艶本、秘画、秘戯画、わじるし、和印、読和など多岐にわたって来たが、最も古いおそくずの名義は、『古今著聞集』に現われて居り、『燕居雅張』四に「春画は和名おそぐつの絵といひて、俗にいふ笑絵のことなり」とある。

兎に角今一歩で春画化すという、際どい思わせ振りを描いたものが、「あぶな絵」と総称されるもので、西欧美術の如く裸婦の芸用解剖学の知識のない、浮世絵画家のこれら作品には、当然不自然なポーズも責められるが、取扱った範囲としては、流石に庶民愛好の浮世絵だけに、その画題はすこぶる多種多様であった。

これらは、従来支配階級だけの装飾画だったものが、町絵師の手に依って市井から拾わるる画題となったので、人間性の日常生活の各方面を拾録《しゅうろく》した点に於いては、西欧美術をいえども遠く及ばざるもので、従って浮世絵が彼らに歓迎された由縁もそこにあるというものである。ただ西欧のものは全裸が主であるが、浮世絵のその方面のものは風呂以外は部分的に限られたもの多く、その代わり題材としては豊富だったのである。

今それらの題材を大別すれば、

風呂場、又は湯上り、行水

海女、鮑《あわび》取り、章魚《たこ》取り

蚊帳、夏の夜、涼み

髪洗い、爪切り、鏡、えり洗い

代表美人合わせの類、芸者

源氏絵、歴史絵、江の島、山姥

見立名所絵、雨

入れ墨、灸すえ

閨房図の一部、雑

などであり、作者としては、古典的には師宣が多く、姿態の艶美なるものは［鈴木］春信《はるのぶ》、［喜多川］歌麿《うたまろ》、［磯田］湖龍《こりゅう》［斎］、［勝川］春潮《しゅんちょう》を代表とすべく、写実的肉感美のものは初代豊国の湯上りの大錦を始め、［葛飾］北斎に鮑取りの大錦、五渡亭国貞《ごとていくにさだ》、池田英泉《えいせん》などは最も多方面に活躍した作者であると共に、いずれにも多分のロマンチックな画趣を含ませているところなどは、洋画の単純な裸婦と異なるところであつた。

一方笑絵に於いても単なる笑絵に終始するものでなく、今日から見て、板技の一線一色に魅力あるものは、歌麿、春信に見るべきもの多く、描線の大胆と人物の健康美に於いては、鳥居《とりい》清長《きよなが》の題名は逸したが、細の横絵のものなどは逸品中の逸品とすべく、この種の作は大半海外に流出してしまって、おそらく日本に残存するものは稀であろう。

なお今一種特記すべきは、歌川国貞の描いた『生写相生源氏《しょううつしあいおいげんじ》』なる笑本が、福井藩主の松平春嶽《しゅんがく》のお手摺本として、極彩色の版画に金銀螺鈿《らでん》まで鏤め込んだのが存在したが、おそらく出版文化史の上から見ても、まして笑本としても世界的な試みであったと思う。

第二節　雑　録

以上で本稿の主旨は大要を尽くしたつもりだが、終わりに江戸時代で、風俗上から当局の取締に触れたものは大体左の如きである。

『色伝受』　享保五年
『百人女藹品定《ひゃくにんじょろうしなさだめ》』　同八年
『阿釈内証噺』　宝歴十二年
『娘評判記』　明和六年
『文武二道万石通《ぶんぶにどうまんごくどおし》』　天明八年

『天下一面鏡梅鉢《てんかいちめんかがみのうめばち》』　寛政元年
『仕懸文庫・錦の裏・娼妓絹ふるひ』　同三年
『辰巳婦言《たつみふげん》』　同十年
『南門鼠《みなとねずみ》』　同十二年
『婦足かむひ』　享和二年
『阿漕物語後編《あこぎものがたりこうへん》』　文政十年
『江戸繁昌記』　天保十三年
春水の人情本（種々）　同
『偐紫田舎源氏』　同
『水揚帳』　同

[著者]：斎藤 昌三（さいとう・しょうぞう）

古書学、蒐集家、発禁本研究などで「書痴」と呼ばれた人物。猥褻本の研究、編訳でも知られる。出生名は「政三」（しょうぞう）。関東大震災で戸籍焼失後に「昌三」と改名。横浜逓信省、大蔵省建設局などを経て、アメリカ貿易会社である五車堂に勤務。貿易の過程で多くの明治期の書籍に触れる。退社後、雑誌『おいら』『愛書趣味』を創刊。書物展望社を設立し、庄司浅水や柳田泉らと雑誌『書物展望』を創刊。日本評論社の『明治文化全集』や改造社の『現代日本文学大年表』（『現代日本文学全集』別巻）、粋古堂書店の『現代筆禍文献大年表』などの編集に参加。吉野作造・尾佐竹猛・木村毅・宮武外骨らとともに明治文化研究会に参加。政府の公式文書に基づく「正史」ではなく、民衆の生活・風俗の変遷発展をたどる「民間史学」の構築を目指した。日本書票協会の会員として蔵書票の蒐集・研究を行い、茅ヶ崎市立図書館初代館長および名誉館長も務めた。（1887年～ 1961 年）

江《え》戸《ど》好《こう》色《しょく》文《ぶん》学《がく》史《し》

平成 30 年 3 月 30 日初版第一刷発行
著　者：斎藤《さいとう》　昌三《しょうぞう》
発行者：中野　淳
発行所：株式会社 慧文社《けいぶんしゃ》
〒 174-0063
東京都板橋区前野町 4-49-3
〈TEL〉 03-5392-6069
〈FAX〉 03-5392-6078
E-mail:info@keibunsha.jp
http://www.keibunsha.jp/
印刷所：慧文社印刷部
製本所：東和製本株式会社
ISBN978-4-86330-191-7

江藤淳氏の批評とアメリカ
―『アメリカと私』をめぐって

廣木寧・著　四六判・並製・カバー装

江藤淳著『アメリカと私』を深く読み解きながら、そこに福田恆存・庄野潤三・火野葦平らの作品と人生を交錯させつつ、文学者のみならず「戦後日本」にとっての「アメリカ」の存在と意味を深く追究する。著者渾身の作家論・文学論・東西比較文化論にして、戦後史論ともいえる快著！

定価：本体三〇〇〇円＋税

ISBN978-4-86330-040-8

天下なんぞ狂える
―夏目漱石の『こころ』をめぐって
（上）（下）

廣木寧・著　A5判・上製・カバー装

日本という国が世界史に無理往生に急遽接ぎ木された明治という時代に生きた夏目漱石。彼がその時代の中で追い求めたものは何だったのか。『こころ』を軸に、激動の時代の中で漱石が見つめたものと、近代日本人に宿命の悲しみを明らかにする。

定価：各巻本体二〇〇〇円＋税

上 ISBN978-4-86330-170-2
下 ISBN978-4-86330-171-9

北米で読み解く近代日本文学
―東西比較文化のこころみ―

萩原孝雄・著　A5判・上製・カバー装

森鷗外から宮崎駿まで――日本文学に通底する「子宮の感性」を説き明かす。北米の大学で日本文学の教鞭をとる著者が、海外から見た日本文学という独特の視座で、「子宮の感性」に貫かれた日本文学・文化の特色を描き出す。近代・現代文化論に必携！

定価：本体四〇〇〇円＋税

ISBN978-4-905849-91-9

千　宗　旦

田中　稔―著　A5判・並製・カバー装

千利休の孫にして茶道三千家の祖・千宗旦。史料・史実重視の立場で二五〇通を超える宗旦の手紙を丹念に解読し、従来「伝説」「定説」として伝えられてきた虚像を覆して、本当の「人間宗旦」を浮き彫りにする。宗旦と茶道に関する研究史に一石を投じる快著。

定価：本体一三〇〇円＋税

ISBN978-4-905849-87-2

現代語訳　宗旦文書

田中　稔―編　A5判・並製・カバー装

かくして三千家は誕生した！　元伯千宗旦が書き遺した二五〇通もの手紙を分かりやすく現代語に訳し、一つ一つに解説を付した本邦初、画期的歴史史料！　さらに「宗旦文書年譜」や「登場人物名簿」等を掲載し、読者の便宜を図った。茶道三千家必携！

定価：本体六〇〇〇円＋税

ISBN978-4-905849-20-9

近現代における茶の湯家元の研究

廣田　吉崇―著　A5判・上製・カバー装

茶の湯などの伝統文化に欠かせない存在である「家元」。このような家元のあり方は、いつの時代にはじまるのか。家元と天皇・皇族との間には、どのような歴史があったのか。本書は、近現代の茶の湯に焦点をあてて、茶の湯家元が現代の姿に至る歴史的変遷を明らかにする。

定価：本体四〇〇〇円＋税

ISBN978-4-86330-059-0

古今各国「漢字音」対照辞典

増田 弘・大野 敏明―共著　B5判・上製・クロス装・函入

上古音から現代北京語までの中国歴代と、日本語の呉音・漢音、韓国音、ベトナム音、門南話（福建・台湾）・呉語（上海）という、ある時（時系列）、ある場所（地域・国）で、漢字は「どのように発音されていた（いる）のか？」を、約六万音の膨大な「対照表」で網羅した、他に類書のない画期的辞典！

定価：本体二〇〇〇〇円＋税

ISBN978-4-905849-53-7

六カ国語共通のことわざ集

日本語・英語・フランス語・ドイツ語・イタリア語・スペイン語対照

張 福武―著　A5判・上製・クロス装・函入

日本語、英語、フランス語、ドイツ語、イタリア語、スペイン語の六カ国語で意味の共通する約三〇〇の「諺」・「慣用句」を集めて、それぞれ原文を掲載・対比させ、ひとつひとつにわかりやすい解説を付けました。各言語を学ぶ方はもちろん、国際的業務に携わる方、留学生等にも必携！　楽しく読めてためになる、活用自在、レファレンスブック！

定価：本体五 〇〇〇円＋税

ISBN978-4-86330-072-9

五カ国語共通のことわざ辞典

日本語・台湾語・英語・中国語・韓国語対照

張 福武―著　A5判・上製・クロス装・函入

日本語、台湾語（ホーロー語）、英語、中国語、韓国語の五カ国語で意味の共通する二五〇以上の「諺」・「慣用句」を集めて、それぞれ原文を掲載・対比させ、一つ一つにわかりやすい解説を付けました。各言語を学ぶ方はもちろん、外国人留学生等にも必携！　楽しく読めてためになる、活用自在ことわざ辞典！

定価：本体七〇〇〇円＋税

ISBN978-4-905849-86-5